Staread
星文文化

28岁
未成年

black.f / 著

still
a
minor

at
28

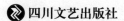四川文艺出版社

图书在版编目（CIP）数据

28岁未成年/black.f著. —成都：四川文艺出版社，2016.4
ISBN 978-7-5411-4280-2

Ⅰ．①2… Ⅱ．①b… Ⅲ．①长篇小说－中国－当代
Ⅳ．①I247.5

中国版本图书馆CIP数据核字（2016）第053128号

28sui Weichengnian

28岁未成年

black.f 著

责任编辑	孙学良 舒晓利		特约监制	柯 伟
特约策划	夏 懿		特约编辑	董立君
营销编辑	钟 奕 杨亦然		封面设计	FAN

出版发行　四川文艺出版社（成都市槐树街2号）
网　　址　www.scwys.com
电　　话　028-86259285（发行部）　028-86259303（编辑部）
传　　真　028-86259306

邮购地址　成都市槐树街2号四川文艺出版社邮购部　610031
排　　版　北京东安嘉文文化发展有限公司
印　　刷　北京中印联印务有限公司
成品尺寸　146mm×210mm　1/32
印　　张　8　　　　　　　　　字数　180千字
版　　次　2016年6月第一版　　印次　2016年11月第二次印刷
书　　号　ISBN 978-7-5411-4280-2
定　　价　32.00元

目 录

still

a

minor

at

28

第一章

用中 5 0 0 万的运气
搞了一次穿越

still

a

minor

at

28

　　医院病房绝对不是一个适合醒过来的地方，就算是高级病房，装修精良，安静温暖，阳光充足，房间四处插满鲜花，自我感觉毫无异状，万千仪器没有一样挂在身上……但这也绝对不是一个适合醒过来的地方，所以，从理论上来说，这应该是穿越了。

　　是最近写穿越文的人越来越多的缘故吗，把时空戳得像筛子一样？是这个引起的吗，那未免也太划不来了。用中500万的运气，搞了一次穿越时空。当然，并不是说穿越时空本身划不来，要是如市面上穿越小说描写的那样，穿到什么古代魔法奇幻世界，再遇到个皇帝、神仙、恶魔什么的，展开一场山崩地裂但人身安全有保障的恋爱，闹不好还是个万人迷，有机会成立个后宫什么的，情节雷是雷了点儿，但要是亲身体验，作为我这个年龄的人，那简直是逃避人生、成就梦想的不二之选，绝对是梦幻级别的。

　　但是事实又不是这样，唉，按照地雷小言的一般定律来说，首先主角一出场就必须美得惊天动地，当然也有没赶上第一拨儿美得比较一般的，穿越后也势必会附身在谁身上，同样实现昏天暗地男女通杀，这都是可以的。但是当我好不容易弄懂了自己大概是穿越了以后，认真地照了镜子，发现自己还是那个样子，而且更惨的是，看起来还老了一点儿，那心情就是异常沮丧了。

然后在看完了足够的身份证件以及那悲摧得不容我不相信的日历本、时事新闻，就差拿着当天的报纸拍张照之后，我发现，我不是看起来老了，而是真的老了……

所以不划算的部分就是，我的确是穿越了，而且的确是附了个身，但不幸的是——被附身的那个的确是我自己，而且还是10年后的自己。

明明是刚结束了地狱般的高考，好好地睡了那么一觉，睁开眼睛就由花一样的17大好青春滑到尾巴尖上的28，可怜我还有三个月才成年啊，这青春损失费我管谁要去。

有谁的未来来得如此仓促，当你还在往最美好的方向憧憬的时候，它已然到来。

到这个时候我已经不是一般的沮丧，但是这还没完。

据说，28岁的我，变成了一个每天画上精致的妆，盘着头发，穿职业套装，踩细高跟去上班的女人，出入美容院和健身房，买贵得要死的衣服，可能连睡衣都是那种让人无法直视的粉色真丝吊带……我承认我对这个类型的人印象有那么点儿死板……当然女人一旦到年纪了变成什么样都勉强可以想象，但最让我无法接受的是，我居然继承了老爸的公司，并且心甘情愿为之一天工作20个小时，变成了名副其实的女强人，以及怎样都无法理解的是，我居然……结婚了。

结婚了……

所以这种情况，如果我还有个孩子的话，那差不多就是我在28岁的时候就已经把17岁时发誓这辈子绝对不会干的事情干了个彻底。

我能不沮丧吗，我能不要这次穿越把500万退还给我吗？

"小夏，今天感觉怎样？"有人敲了敲门进来，声音温和地问。

我在医院高级病房那张比我卧室里的还干净的床上把沮丧的脸抬起来，默默地看向拿了个果篮推门进来的人。虽然他是个男的，虽然他第一个出场，虽然他对我温柔无二，但这个人的确不是我那位传说中的丈夫，而且连果篮也不是我丈夫送的。

事实上这个人是我的主治医生，而且毫无疑问是我们高中四人党之一的严岩，变成这样的前一天晚上我还在和他还有另外两个死党——唐拓和白晓柠一起吃自助烧烤，撒着欢儿庆祝高考结束……刚刚醒过来的时候对状况半清不楚的，我还以为我长大了嫁给他了。

我和严岩是发小儿，住得近，一块儿玩大的。严岩家一家子都是医生，自小受环境影响，从我认识他开始，他的人生目标就坚定不移地直指……就直指现在这个样子。虽然多少想象过，但真看到他穿白大褂的样子还是各种不习惯，明明是瘦得像根竹竿一样，又总在抱怨自己身高不够，吃烧烤还用呲呲呲呲这种猥琐手段跟我抢鸡翅的那么鲜活的一个少年。而如今站在我面前的这个结实了不少，脸也成熟多了，而且还长高了，一脸看起来还不错的男人到底是谁啊？这谁啊？

这个时候感慨起岁月不饶人的我简直是活该脑子进水啊。

"跟昨天一样。"我压下内心的波涛汹涌，没精打采地开口，伸手表示我需要那个果篮。虽然我穿越前的确是普普通通地上床睡觉，但这位28岁的凉夏女士也的确是出了车祸没有错，既然继承了老爹的公司，且不管人缘如何，好歹算是个领导，自然有人要把握机会表关心、献人情，于是大多数人都得到了一个被眼前这位主治医生以需要静养不宜探视礼到了就行人来什么为由拦在外面的机会，只留一张便条别在果篮和花束上，风一吹飘飘如挽联。

我拨开挽联掰了一只香蕉。

严岩看了我一会儿，估计是在等分享，发现无望后才拖了把椅子在我床边坐下，伸手拨开我在床单上滚乱的头发，指尖轻擦过额角。

我反射性地躲闪了一下。

"还疼？"他维持着抬着手指的姿势，皱了皱眉。

我摇头，内心呆滞，赶紧主动凑上去让他检查我的伤口。严医生诊断我因车祸撞到脑袋，短期内记忆发生混乱，虽然我觉得除了额角上这块撞破的口子可能会留点儿疤痕以外，根本没有任何异常，或者我本身就是异常，28岁的凉夏女士早就二佛升天了，在床上躺着就是因为我心里不爽。

严岩检查完，摸出床头柜抽屉里的药膏，拿药棉沾着往伤口上轻涂，好像是什么有加速生长不留痕迹作用的，此院特产。沾了药的棉签擦在皮肤上凉凉的，痒痒的。

让人一阵心慌。

"怎么，今天出院不开心？"他涂完，收拾东西。

我不敢抓，摆布着眉毛连带前额表皮蠕动，纱布前天就取下来了，干晾着，同时思考了一下严岩的问题。

"听说我有个丈夫。"从我睁眼到出院仍然还只是传说中的人物。

"你们夫妻感情不和。"严岩垂下眼睑，很平淡地说。

还好感情不和，要是感情和的话，连孩子也有了，那可真的是齐全了。

只是妻子出车祸住院虽然也没住多久连面都没有露一个肯定是人渣吧，我脑子里一瞬间就跑过各种升官发财死老婆的桥段。

真渣。

"所以今天出院，就意味着我要去到一个完全陌生的地方，跟一个完全陌生的人生活在一起？"我叹口气，压制不住厌烦地说，"还不如就待在医院里，至少我还认识你啊。"

"我记得你可是最讨厌医院的。"严岩有些好笑地说。

"这种事情也是要具体情况具体感觉的。"是啊，最讨厌医院，平时没什么人管也不觉得怎样，进了医院没人管立刻就觉得全世界我最惨。

爹妈是白手起家，早年忙公司忙得自己都快顾不过来，小伤小病的都是严岩爸妈来认领；现在爹妈直接忙出国了，小车小祸的还是得严岩来认领。虽然医生经常加班突发状况也会帮忙带孩子，但这是讹上人家了吗，这么些年来简直一点儿长进都没有。

我默默斜了一眼严岩，心中默默腹诽：所以我真的没有嫁给他？

"不管怎么说，那里都是你的家。"严岩多少有点儿无奈，他安慰我，"你在那里生活了都快三年了，怎么会陌生？况且在熟悉的地方对恢复记忆有好处，你现在不觉得，等看到的时候也许会想起来些什么也说不定。"

只想起来升官发财死老婆的桥段，所以说人身安全到底有没有保障啊？！

这个问题简直不敢想。

"所以按照我现在28岁的样子……"我犹豫再三，艰难开口，基本不抱希望，"那个据说是我家的地方，是不是用大剂量暖色调，重点在于奢华，如暴发户般的追求着巴洛克风格，无处不在的繁复夸饰、富丽堂皇、气势宏大……"

"……"他沉默了片刻，随即惊奇地靠近我，掏电筒准备扒我眼皮，"你是不是恢复记忆了？"

我躺倒，默默把自己装在被子里，内心荒凉。

因为我最喜欢的是冷色调，简单线条，哥特风格……究竟是为什么，10年多一点儿而已，我到底遭受了多少次雷击才变成一个和以前的自己完全相反的人，完全得如此彻底，简直连人类江山易改本性难移的尊严都丧失了。

"好了！"严岩面对我的装尸袋无奈叹口气，抬手看了看表，"累了就休息一会儿，我今天只有半天班，再一个半小时多，我送你回家。"

我没有说话，算是无言以对，随手摸过严岩给我的平板电脑寻求抚慰。刚清醒那会儿我受惊过度，整个人显得十分凌乱，严岩就丢了个这个给我，让我了解一下这10年间都发生了些什么事。刚开始看到这个东西的时候我还只是惊叹了一下科学技术果然是第一生产力啊，上厕所难以选择究竟该带哪本书的问题原来人类这么快就解决了，而当我发现这货究竟是怎样一种看漫画追动画神器的时候，10年光阴简直不值一提，瞬间就冷静下来决定还是可以接受这个世界的……

之后在完全违背严岩让我了解世界的初衷后，我把自己更加深入地镶嵌到了二次元里，成功地度过了穿越恐慌期。

我用指尖划着平板电脑光滑如镜的外壳，还未被唤醒的屏幕映照出一张熟悉又陌生的脸。

"我是不是变成了一个很失败的人？"我犹豫了一下问严岩，究竟是有多失败，才能这样完全否定自己的前半生，就算是年幼无知的黑历史也不至于黑得这么伸手不见五指的啊……

"……"他面色复杂地看着我，沉默了片刻才轻声开口，"不。或许只是为了得到一些东西而选择了放弃……而已。"

而已吗？真是一个乍听好像还挺有深度但完全算不上答案的句子啊。

"这么说，我是遇到了什么郁闷的事了吗，所以才变成这个样子，一个跟自己完全相反的自己……"那些在17岁的将来和28岁的过去里发生的事，我抬眼看严岩，"你还记得我的样子吗？"

严岩回看着我，似乎是在寻找着合适的答案，却过了很长的时间，他才叹了口气："如果真的有什么不好的事，忘记不是很好吗？不要太逼自己了，记忆混乱只是暂时性的，你现在最重要的是放松心情，好好休息。"他抬手，指了指手腕上的表，"一个半小时，我一会儿再过来。"

说完，没有等到我有任何反应他就转身离开了病房。

我目送他，这种反应……该说是在安慰我还是真有事隐瞒呢？这种就好像打上了"18禁，慎入"的帖子一样，就算原本没什么兴趣，现在也想点开看看里面到底是什么了。

何况自己的事，怎么可能没什么兴趣？！

我唤醒平板电脑开始啃着水果看漫画。

一个半小时后，严岩如约而至。我已经叠好被子，收拾好东西，换好衣服，和一个包包一起在床上排排坐等他认领。

总共没超过五分钟。

那个包包据说是车祸现场跟我一起被急救到医院的，早就被我翻了个遍，里面没有什么特别的东西，全掏出来就只是钱包、钥匙、充电器，钱包里钱略多，身份证、驾照、银行卡、信用卡、各种VIP卡，一个化妆包，一个记满了行程的记事本，以及一部手机。

还有一小袋梅子。

虽然高中住校之后书包的存在感变得很低，但从上学起我的书包就一直是生命不能承受之重，只知道往里塞不记得往外拿，教科书、作业本、笔记、习题册，还夹带漫画、小说、杂志、速写本，吃零食的机会一直不多，所以总会扔些梅子在里面，独立小包装，一把撒进去，只要掏就会有，翻东西的时候就会往外掉，整个书包简直包罗万象、海纳百川，大得跟深渊一样。而面前这个包，整齐、节制、优雅，要不是已经接受自己整个人设定反转的事实，就算它装着我的身份证我也不敢相认。可是在我翻找的时候从夹层里掉出来的这小袋梅子，就好像所有虚假与不实中出现的那一点微光，让过去和未来之间突然出现了一些熟悉的东西可以有迹可循。

我哭着吃掉了那袋梅子。

我站在医院院门内的医生停车场里，怀疑地看着严岩的车。

"这车真的不能飞吗？"

严岩一脸心梗，拉开车门把我推入副驾驶座。我在内部环顾了一圈，看不懂的那几个东西还是看不懂，有形状的东西还是那几个形状，所以这10年汽车行业究竟在发展什么啊，除了外形看得出审美变化，他们究竟还干了什么啊？安全性吗？可操作性吗？

所以我不是有驾照吗，这种相见不相识的感觉是开车技能点被清零了吗？是被清零了吗？

这什么穿越啊！简直是越来越划不来了……

我坐在副驾驶座上像丢钱了一样的看着旁边把车从停车位上倒出来的严岩，在他没有看着我的时候我做着这几天一直在做的事，试图从这张成熟稳重的脸上找到我记忆中熟悉的那个样子。

在每个周五放学回家的路上，严岩把我放在自行车的后座上，唐拓载着白晓柠，我们像疯子一样尖笑着从学校一直追逐到分道的那个路口，去买偶尔会买一送一的奶茶，坐在路边的花坛上一起聊天直到喝完。晓柠总在跟我描绘她将来想要去的地方，想要过的生活，严岩和唐拓看着道路上来来往往的车为以后究竟该买哪一辆车才是正道争论不休……这一切就好像几天前才发生的事情一样，而这一切确实就是几天前才发生的啊……

我别开脸，无意再看下去，视线却停在了方向盘中间嵌着的那个标志上。

"你还真的买了……"我干巴巴地说出口。

"怎么啦？"他有点儿不解，一边将车驶出医院，一边问我。

"你说你以后，就算是上了富豪排行榜榜首，也要买辆这个牌子的车自己开。"我抽搐了一下，"算上我在医院住着的一个礼拜，这明明就是你8天前才说的，说的时候甩着胳膊，杯子里的可乐洒出来，另一只手还在翻铁板上的鸡翅膀。"

"啊，好像是有这么回事。"他脸上浮现出追忆似水年华的笑容，"10年了，真让人怀念啊。"

"就是这个，就是这个！"我扑上去，扯着他右边的脸颊，"想说光阴似箭吗？想说岁月如梭吗？想用这样的笑容敷衍掉我8天就被梭掉的10年青春吗？"

"喂，喂，小夏！"他奋力挣扎，一边控制着方向盘，"你再这样扯我们就要撞车了。"

我放开他的脸，悻悻地窝在副驾驶座上往外看，突然意识到这就是10年后城市的样子，却不知道应该作何感想。城市好像总是这样，不过就是那些千篇一律不知道什么时候冒出来又不知道什么时候突然消失不见的高楼矮房，却又总是觉得面目全非，或许只是因为我从来没有好好看过这座城市，我甚至不知道我们现在行驶其上的这条道路是通往哪个方向，或许是拆了建了翻新了拓宽了，但更可能我本来就不知道，就只是一些面目模糊的街道和行人，10年如一日地在车窗外被远远抛在身后。

我很认真地思考了一会儿这里面可能会出现的哲理。

车不会飞，心好累。

"这么说之前也是出的车祸吧……"我咬着指甲，小声地自言自语，"不然再出一个车祸试试看能不能回去……哇哦！你干什么？"

严岩狠命地一脚油门儿，车子一阵狂奔后停了下来。

"到了。"

"耶……"

"凉夏！"严岩长叹了一口气，"你这个呢就叫作车祸后遗症，10年的光阴过去了就是过去了，等到什么时候好了就一点点地想起来了，用不着为这点儿小事自杀。"

"嗯，说得也是。"我整个人卡在椅背里，肃穆地点了点头。

"明白就好，下车。"

我战战兢兢地把自己从车上撕下来，觉得记忆的范围又因惊吓过度而失守了几里地。

车子停在一套小独栋前面，我磨磨蹭蹭地从车上下来，环顾了一下，就是什么青山绿水花园小区里常见的那种小独栋，两层加一个阁楼，外围一圈小篱笆姑且可称之为花园，总的来说算不上大，但整个小区绿化很好，用高低树木和石子小路分割出隐私空间和独立区域，看起来很是精致。这里离市中心算不上近，但交通便利，生活设施一应俱全，这是我在琢磨所谓智能手机怎么用的时候琢磨出来的，相比汽车行业的发展，移动通讯又显得实在太有出息，我才想说顺着身份证上的地址找一下所谓要回到的地方是在这个城市的哪里，就已经连那块儿地皮的祖宗十八代都尽在掌握了。

青山绿水小独栋，我那巴洛克的家。

真是糟蹋了青山绿水和巴洛克啊。

"我真的要住在这种地方吗？"我往后退了两步，不确定地问。

"什么叫作这种地方？"严岩拍了拍我的肩膀，有点儿无奈地拦着我，"这是你家，你的家，当初是你自己亲自挑选，亲自布置，结婚用的新房！怎么样，有没有想起来什么？"

"没。"我实话实说。

"慢慢就好了。"严岩鼓励地笑笑，"进去吧。"

切，说得那么轻描淡写。

不过算了……过都过来了，重点是完全没别的地方可去，就姑且看看我这个用大分量暖色调，重点在于奢华，如暴发户般的追求着巴洛克风格，无处不在的繁复夸饰、富丽堂皇、气势宏大……的家，是个什么样子的。

而且还有一件事我真的很在意……关于那个传说中的丈夫，以及……是不是真的有这么个人存在……

好不容易下定决心开门，说实话并不是很清楚开门的方法，可是我还没有来得及抬手，门突然自己从里面打开了，一个穿西装的男人就这么突然地站在了我的面前。

所幸开门的方向朝内，才不至于撞断我的鼻子。

那男人在看到我的时候显然也很惊讶，但是他很快就反应过来，然后皱了一下眉头。

这就是我和我丈夫的第一次见面，以及见这一面的时候他的表情。

他撞上我的视线只是短暂地停留了一下，然后目光擦过我额头上的伤口，立刻变得漠不关心起来，之后就只是微微偏过头，声音冷淡地开口："我今天不回来吃晚饭了，不用准备我的份了。"然后看也不看地就从我身边擦身而过。

我侧身让过，整个人"昂"了一下，才看到门里站着一位不知道该用我的灵魂称呼为大妈还是用我的肉体称呼为阿姨的妇女。

无法合理地打招呼好纠结，对方却面无表情地低下头，看也没看我。

"果然感情不好。"我只好转身对身后的严岩说。

不好到这种程度吗？

严岩有些不自然地笑了笑，没说什么。

我深吸了口气，对着那个冷漠的背影清了清嗓子："喂，前面走路的那只，对，就是你，穿深色西装拎公文包老婆出了车祸头也不回地往前走今天晚上不回来吃晚饭的无情男士，不用左顾右盼了，说的就是你，麻烦你暂停一下你岁月的脚步。"

其实他根本没有左顾右盼，我说到一半的时候他就已经停下脚步转过身看着我了。

"很好，就站在那里别动。"我快步走了上去，绕着他转了两圈，上下打量仔细对比，最后凑上去闻了闻，满意地点头，"目测年龄为30以上，相貌端正，头发浓密没有秃顶，目测身高一米八五左右，身材标准没有赘肉，身上有咖啡和烟草的味道，唔，好好闻。”

“你在干什么？！”一阵沉默后，他冷淡地开口。

“声音也很赞，没问题了，正点大叔，我中意。”我满意地点点头。

这就是我一直很在意的事，自从知道28岁的自己变成了什么样子以及我已经结婚这件事以来，我就一直很担心跟17岁的时候完全相反的自己会嫁给一个散发着怪异味道相貌猥琐谢顶一米六左右发福的大叔。

幸好设定反转还是有底线的，知道这件事真是让我大大地松了一口气。

对面的男人有点儿匪夷所思地看着我，目光从看向一个陌生人渐变为看向一个有病的陌生人。

我光顾着松气，没有注意回答他刚才提出的问题。他似乎也没有问个清楚的意向，只是冷冷地说了一句：“还有事？”

我摇头，随即又点点头：“名字。”

他看着我：“……我叫什么名字？”

这个事情真的不能特别怨我，住院期间我只要一想到自己结了婚这件事，脑子里就会冒出来一些恨不得自己没长过大脑的画面，被动逃避现实，整个人无比好奇又无比纠结，再加上所有出现在我面前的人除了严岩我统统不认识，以至于产生了一种以刚出生的鸡仔儿的心情讹严岩，提问几乎只逮着他，于是这个事情就更加难以开口。

结果挣扎到现在，居然连这个人的名字也不知道。

“我叫什么名字？”他重复了一遍，抬眼看向在场的其他人。

也有可能只是远目了一下。

"这个是车祸后遗症。"严岩负责任地开口，用他医生的口吻解释，"她在车祸中伤到头部，部分记忆丧失，只记得18岁之前的事。"

"你是谁？"

"医生。"

他盯着严岩看了一下，又皱了一下眉，却没有多说什么，只是把眼光放回到我身上。

"你要是不想回答也没关系，我就是那么顺便一问。"我对自己脱口而出的问题多少有些懊悔，这种问谁都可以的问题果然问本人就显得多余，原本是暂时不想掺和，但是既然都已经说出了口，对方却这种反应，索性不忍，干脆再多说一句，"对于出了车祸的妻子的状况一点儿也不知情的丈夫，估计快离婚了吧。"

他居高临下地看着我，然后冷冷地开口："那正是我希望的。"

"什么？"听他这么说我反倒愣了一下，虽说一直在强调夫妻感情不和，但是之前我还真没有想到这个层面，"真的快离了？"

他看着我，似乎没有料到我会有这样的反应。

"这么说来，难道是我缠着你不放，死活不肯在离婚协议上签字吗？"这么一说我又想到这个问题，而且几乎已经相信这个答案完全是正确的了。

所有人都没有回答我。

"啊，果然变成这样了。"我把脸埋在手心里，发出痛苦的呻吟声，刚刚才觉得设定反转还残存底线的惊喜瞬间就化为灰烬了，要不是对方浑身散发着离我五米开外的距离感，我真想拍着他的肩一起感慨：大叔，真是难为你了。

　　他用那种看神经病的眼神看着我，然后放弃，移开视线和脚步："我还有一个重要的会面，赶时间，不奉陪了。"

　　"哦，慢走。"我也需要独自伤感一下。

　　"对了。"他走了两步，停了下来。

　　我看着他。

　　"我的名字叫作郑伟嘉，再次记住了。"他盯着我，不带感情地说。

　　"啥？"我愣了一下，吐出这么个字来。

　　他显然不解我的反应，也站在那里看着我。

　　"猫粮？"我把疑问说出来。

　　伟嘉猫粮，外面够脆，里面够味，贵得没心没肺。

　　……

　　他走掉了……

第二章

好像人生的
第二次选择

"老板，要一碗炸酱面，不加——"

"不加香菜花生，多放辣椒和醋，秘制炸酱盖两份。"厨房里面传来个声音，接得自然，然后一张熟悉的脸探了出来，显得微微有些惊讶。

"答对了，奖励，面钱打五折！"我找了个靠老板近的位置坐下，用综艺节目主持人的语调欢快地抖着小波浪。

冷场。

老板非常欠缺配合精神，用一种适应不能的怀疑眼光看着我，漫长地看着我，看得我都扭捏了，他才沿着一条随它去吧的轨迹抢了一下勺子。

"你吃盐太多得高血压了。"随它去吧之后的老板显得异常镇定，"秘制炸酱居然有胆量盖两份，还一盖就盖了十几年，能活到现在真是难能可贵。"

"老板你的店居然一开就开了十几年，在这种喜新厌旧的社会能撑到现在也实在是难能可贵啊。"我礼尚往来也夸奖道。

"我是靠实力和个人魅力取胜的。"老板得意扬扬地从厨房出来，把面亲自端给我，虽然现在还不到中午吃饭的高峰期，但是据手机地图反馈给我的祖宗十八代信息，这个地段简直是繁荣昌盛得一塌糊涂，附近又有学校又有写字楼，还有片商业圈，学生最是没有定点儿，此时没课的都已经精神不济地陆续坐下了，厨房也开始忙碌起来，这样的待遇可是超高级别的。

"啊，话说我刚才游荡到附近的时候，还在想着旁边已经发生了这么大的变化这么多年了这家店八成也不在了吧人生真是了无生趣啊的时候，突然抬头看见重新装修还大了两号的门面和老板你更显沧桑的脸，激动得就想进来号一嗓子秘制炸酱双倍炸酱面大碗给我上三份。"我感慨着把面拌开，吸了一大口，猛力一咽，吐出口气，"啊，活着真好。"

"你今天是来找抽的吧？"高级别待遇存在了大概五秒，老板已然转身回到厨房，一边有条不紊地下着面条一边对我说。

"相信我，我真的超感动，老板你居然能在'要一碗炸酱面'这么普遍的开场白后面接上我专有的'不加香菜花生，多放辣椒和醋，秘制炸酱盖两份'，我感动得眼泪差点儿掉出来，这么多年原来老板你还记得啊……"我嚼着面含糊不清地说，"难道双料已经成常规了吗？"

"你两个星期前才来我这里吃的面好不好？"老板抽空瞪我一眼，"从你上高中就开始在我这里吃炸酱面，同一种口味吃了十几年了，你那一嗓子简直魔音绕梁，秘制炸酱盖两份的人我就算在睡梦中也在担心你化作食品安全事故讹上我啊。"

一根面条直插气管。

"……总之，老板你是不能理解我的感受的。"我好不容易控制住场面没有把气管和嘴里的面条从别的什么地方喷出来，期间认真思量了一下老板和炸酱面在我漫长人生中的重要意义，决定还是继续走情怀路线，"虽然我长成这样，但老板你不知道我的心有多塞。这几天就像是掉到不知道哪里的平行宇宙一样，所有事情都变成了完全相反的样子，不管是失忆也好穿越也好，反正我对自己是一点儿信心都没有了。可是当老板你说出'秘制炸酱居然有胆量盖两份，还一盖就盖了十几年'的时候，我的眼泪立刻就掉下来了，知道我原来还会来这里，在这里吃老板你亲手做的炸酱面，就觉得太好了，还没有那么糟糕……"

"少来，你明明是在我说出那句话的时候看到我盖两份秘制炸酱上去口水就掉下来了。"老板别过脸煮面，妄图很有型地掩饰因为暗爽而泛红的老脸，哼唧了两下，端了两碟小菜给我。

我欢天喜地，老板家自制酱料口味独到，小菜自然也不在话下。

"虽然不知道你这几年经历了什么，但是要我说，生活说到底就是些起起落落，没什么是想不通的……"老板指点人生的手停在半空中，"……你刚说谁失忆了？"

"我还说穿越了呢……"这反射弧也太长了，我撩起头发，露出额角的伤疤给老板看，顺带呼噜一口面，"老板，我懂你要表达的感情，就是'哪，发生这种事呢大家都不想的，做人呢最重要的是要开心，你饿不饿啊，我煮面给你吃啊'。老板，你看我这么机智，你煮面请我吃啊。"

"哪，话可以乱讲，东西可不能乱吃。"老板简直不能更懂，"顶着这么大块疤还吃那么辣，没收。"

我石化。

石化了五分钟左右，老板就端了碗排骨面放在我面前，排骨冒尖，尖得连对街都注目了。

瞬间就原谅了。

"所以真的是车祸？"老板似乎下定决心今天做赔本买卖了，索性在我对面坐下，当然也有可能是产业大了，可以无视厨房里飘过来的各种怨念。

"还有假的？"我嘎嘣着小脆骨，抽空对另一个自己表示关心，觉得老板这句话好像哪里有点儿怪怪的，"不对，重点是，为什么知道是车祸？"

我好像还没提到这个吧……

老板看了我一眼，又看了看我筷子上挂着的面。

"今天想吃什么就尽管说吧，本来我就想着你要是还来我这儿，我就好好请你吃一顿。"老板叹口气，一脸陷入回忆的表情，"两个星期前你来这里的时候，也是坐在这个位置，坐了很长时间，虽然你没说什么，但你走了之后我就想你大概是再也不会来了。"

"……"对老板突然的豪气和感性的脸有点儿适应不能，我干巴巴地问，"我终于还是干了吃完就跑的事吗？"

这么多年我一直致力于忽悠着老板请客，而老板也一直致力于对我减份减量不减价，这不是钱的问题，这是我和老板之间爱的互动。

所以还是下手了吗？

老板默默地默默地把添小菜的手抽走了。

"就有这么个感觉，你也不想想你在我这里混过多少年，'过生日，来碗面'，'考得好，来碗面'，'退稿了，来碗面'，'肚子饿了，来碗面'，'高中毕业，来碗面'……我简直就是看着你长大的。"

"等一下，里面好像有个常规选项混进去了反而显得有点儿不合群……"

"也就这几年吧！"老板完全没有搭理我，"你虽然还是来，但是来了也是一个人坐在边上，我和你说话你也不贫嘴了，渐渐地就有那么点儿像是疏远的感觉。虽说你是长大了，工作的人不比当学生，总归得收敛些，但又觉得不是什么成熟稳重的关系，好像有点儿往不乐观的方向去了的感觉。"

所以初登场的时候才用了漫长的适应不能的怀疑的眼光看着我吗？

"所以什么叫作不乐观的方向？"

"很难形容……"老板思考了一下，"如果非要说的话，就好像同样剩下半碗面，可能是因为吃不下了，也可能是因为不好吃不吃了的这种差别感，后者就显得有点儿不乐观……"

"不，老板！我怎么觉得你这个比喻有点儿不乐观……"

"如果有什么事情就多和朋友商量一下，好的事和坏的事，虽然这句话说得晚了十几年，但是……"停顿了一下，"不管什么事，憋在心里想就总会觉得自己是特别的，是全世界独一无二的，其实没那回事儿。每个人都一样，不是这个就是那个的，也许说出来了就会发现不好意思和人打招呼了。"

"好伤人！而且停顿的那下肯定是在说'但是既然已经失忆了就随便糊弄一下吧'！老板你再说下去大肠面都救不了你了！"

"之前那个看起来就很可靠。"老板断言，关心地问，"你还要再来碗大肠面吗？"

"这什么硬生生地转折……"大肠面一份，不加面。

"就是之前'秘制炸酱盖两份'，一问果然是你认识的人的那个小哥，吃东西的样子很端正的那个。"老板伸手，摇曳出一个很难理解的形状，然后斜过眼，用一种很瞧不上的表情看着我，"把人家忘了。"

"……"这对话简直接不下去。

而且老板你是我纯洁小心灵的港湾啊，总在心情太好和心情不太好有时也说不上好还是不好的时候一个人来这里吃碗面，呼唤活着的激情的自留地，根本没有带人分享的计划啊，哪里来的小哥啊，还吃东西的样子很端正……

所以是严岩吗？所以是严岩吧！

思考了一下，以防万一我还是环顾了一圈老板的店面，虽然号称是过了十几年，但简直像是时光的连接点一样和我知道的那家店几乎没有任何不同，一样的布局，一样的招牌，还有即便是扩大了一倍还是弱小到曾被我擅自解读为好像在说"人来太多我们会忙不过来啦别再进来啦"的门面，内里装修依然精简，好像只是为了和扩大部分达到统一和保持整体的洁净感才重新做的装修，就是这种洁净感对我来说太过私人化，所以是根本不会带人来的……

所以，果然是严岩吧？以28岁凉夏那个发展历程来看，果然也没别人了吧？

"所以秘制炸酱盖两份已经不是特别的了吗？我已经不是独一无二的了吗？"我内心活动了一会儿，惋惜地看着老板，"以后不能和老板你好好打招呼了。"

"年纪轻轻的不要在这种事情上下心思。"老板更加嫌弃地看着我。

　　"那小哥是什么时候的事儿？"我吸着面条含糊不清地问。

　　"两三年前吧，不过前两天他自己又来过一次，要不是这么多年秘制炸酱盖两份的就你跟他，根本不可能想得起来。"老板思索了一下，"所以就试着问了一下你的情况，这才知道你是出了车祸，还好不太严重。"

　　"哦……"原来如此，"是不太严重，撞穿越了而已。"

　　老板用一种内心已经认定的表情看着我，说："那小哥就是你的身边人吧，这种倒霉口味肯定能凑成对……"

　　"哪种身边人啊……这又是哪个年代的称呼……话说老板这倒霉口味是你搞出来的吧……"

　　"要我说……"老板已经莫名进入某种角色了，显得特别语重心长，"两个人之间最重要的事情，就是能坐在一张桌子上好好吃饭，你喜欢的我都爱吃，做饭省不少工夫呢。"

　　"老板，我发现你今天槽点特别的多。"什么叫作你喜欢的我都爱吃，这话题是怎么过来的？这是想拉郎吗？

　　我放下筷子，晃晃十根白净的手指头："我已经结婚了。"

　　结婚戒指什么的我是一丁点儿都不知道的，但是姿势要摆一下。

　　"原来你已经结婚了啊！"老板露出个受伤的表情，"怎么没听到'结婚了，来碗面'这个选项。"

　　"大概是因为婚姻有点儿不幸。"我赶紧安慰老板，"而且可能开头就没开好。"

　　所以还能有谁啊……

　　老板的眼神立刻变得越发嫌弃了。

　　"我是不知道现在你们这些年轻人在想什么。"老板先怒我不争然后又擅自想开，"不过话说回来，说不准你这次也是因祸得福，能把那些不好的事都忘了。你看你现在这样，和我聊聊天，贫贫嘴，蠢萌蠢萌的，就很好嘛。"

"其实我也不知道在想什……等一下，老板你先解释一下什么叫作蠢萌蠢萌的……"我已经很努力地在跟着网络刷时髦值了，我那么年轻机智没道理跟不上一个已经……唔哇……这么算来老板已经60多了……

"你看你现在这么活蹦乱跳的……"老板像是发现什么人间正道一样指着我，"比起之前不知道要健康多少，又没有受到什么实质性伤害。"我撩起额发，老板目不直视根本不看，接着说，"但是却把那些可能不太好的经历忘记了。电影里不是有过这种台词吗，'好像人生的第二次选择一样'，哪有这么好的事，你一定要憋好了不要恢复记忆，把这个状态保持得长久一点儿啊。"

我冷静喝汤。

下班时间到了，面馆的客人已经开始呈现大批拥入状态了，副手也已经快要以死明志血溅厨房了。我端起面碗把最后一口可食用部分喂到嘴里，擦了擦嘴，趁着庞大的人潮拥入之前闪身溜了出去。

呼滋呼滋……

吸。

呼滋呼滋……

"你在这里做什么？"一个影子挡在我的面前，声音冰冷，听着耳熟。

"哈？"我抬头，虽然今天风和日丽，但挡不住正午阳光直射，他站的位置恰到好处。我忧伤的45度角一抬起来，阳光就刚好掠过他的耳侧直接闪瞎我的双眼。我含泪眯起眼睛，不自觉就有些怒意丛生。

"很好，视觉效果非常震撼，但是可不可以拜托你不要选择背光出现啊。"

对方犹豫了一下，才往前移动了一步，阳光被遮挡住后他的面容变得清晰起来，直到我认出他的脸，才露出一个惊讶的表情："什么啊，这不是猫粮嘛。"

僵了一下。

"我不觉得这很有趣。"他声音平板地说，"你在这里做什么？"

大约是今天没有"重要的会面"，他整个人状态看起来比起之前略显放松，没有穿西装外套，袖子也轻巧地卷了起来，略略拉开的领带下衬衣也松了第一颗扣子，露出锁骨最让人想画出的那一部分，只是浑身上下散发着一种清障车的气场，而那个障碍物大概就是我。

障碍物忍不住就露出一个笑眯眯的表情。

"我倒是觉得这挺有趣的。"看到他不爽，我那点儿怒意莫名就消散不见，于是晃了晃手里的纸杯，心情良好地回答他的问题，"我在晒着太阳喝奶茶啊，买一送一，原味不加珍珠，你要喝吗？"

另一只手把放着的买一送一递给他。

然后又是漫长的适应不能的怀疑的眼光。

我不介意，继续举着手，呼滋呼滋地喝着奶茶等。

"真是让人难以置信。"他犹豫了半天还是接了过去，没有喝，就那么拿在手上。

　　"奶茶？"我试探性地问。

　　"你……"他不耐地皱眉，"虽然是一样的脸，却像是另外一个人。"

　　"或许只是因为你了解得不够多。"

　　他始终居高临下，我则跷起腿，用闲着的那只手撑了下巴，换了个仰着头不那么受累的姿势看着他，虽然我自己也挺震惊这件事的，但不知道为什么，在这个人面前，就是有点儿不想认。

　　他冷笑了一下，偏头看向别处。

　　"丧失记忆，什么样的丧失记忆会变成这样？"

　　"应该说什么样的人生会变成那样吧？"我耸了耸肩，"太专业的我不知道，但我最后的记忆是刚刚考完高考，和朋友一起出去大吃了一顿然后上床睡觉，结果却在医院醒来，所有人都告诉我这是10年之后了，你说我该怎么办？"

　　他转过脸看我，似乎在判断可信度是多少。

　　"话又说回来，你怎么会在这里？"我不在意他的眼神，问。

　　"自己的公司……"他抬手往远处一指，"也忘了？"

　　我顺着他的手指看过去，一栋极有现代化特征的写字楼正对着面馆。我咬住吸管，继续呼滋呼滋地吸了两口奶茶，默默地，默默地把手机摸出来打开地图。

　　"原来如此。"其实并没有看出来什么，"我好像在网络电话里听老爸说过，公司五年前配合城市建设搬家了，公司旧址我倒是可以在原市区地图上勾出来。我其实是来后面那家店吃个面而已的……原来搬得这么市中心了啊……"我在大楼和面店之间来回看了一圈，"不……仔细一想这个选址有点儿微妙的倾向性啊……所以这和你为什么出现在这里有什么关系？"

　　"我在那里工作。"他停顿了一下，似乎因为完全没有在听我说而是在自言自语什么，于是在最后冷不丁抛出的问题上多少产生了点儿时差。

　　"哦……明白了。"我咬着吸管，忍不住笑起来，居然没有人跟我提起过这件事，不过好像也不是太重要就是了。

　　"那你现在吃完了？"他瞥了我一眼突然说。

　　"嗯？"

　　"公司里的员工基本上都在这附近吃中午饭。"他叹了口气。

　　"所以？"这种话说一半是在指望我和你心有灵犀吗？

　　"不管怎么说你也是亚信的副总，一个人坐在街边的花坛上喝奶茶这种事，这副样子难免会对公司的形象有些影响。"他用不咸不淡的语气说，但是看他的样子分明对我的衣着打扮也很有明显的不满。

　　我低头看看，背心衬衣牛仔裤，在那样一座衣帽间里能翻出来这么朴实无华的衣服的我可真是艺高人胆大。

　　还嫌弃。

　　"果然是成年人的思路……"我习惯性感慨，"你吃饭了吗？"

　　才想起来刚刚见到他也算是在午休时间，看他这个样子应该不是出来工作的，那就是吃饭了。

　　"还没。"果然。

　　"所以你从我这里路过的时候是准备去哪里吃饭？"

　　他没有回答，满眼怀疑地看着我。

　　"看来我一定是个素行不良的人。"我笑了一下，"这么招人讨厌。"

他皱着眉不看我，似乎心情变得极其不佳，却松了肩膀上紧绷的肌肉，最终偏了偏头："走吧。"

我心情愉快地把奶茶杯子往垃圾桶里一扔，颠吧颠吧地跟着他走了。

"话说，这种比萨店还真是不适合你。"我诚恳地下结论，"这种青春洋溢的店啊，你这样的年纪很适合带着孩子来呢。"

"我没有那么老，"他还沉浸在刚才的心情不佳中，面无表情地说，"再说，这家店是你非要进来的，我原本要去的店在旁边。"

"啊，真是让人不知不觉地就拐进来了呢。"我拿起菜单开始上下扫视，"嗯……我要一个7寸的三文鱼比萨，一份双量的小吃拼盘，一份炭烤牛排……再来一杯大杯可乐，差不多了，我先吃着吧，不够再点。"

我把菜单合上递还给服务生，含情脉脉地目送他远去，回过头看见一排黑线，悚了一下。

"牛排是给你点的。"我正色。

他面部表情细微放松了一下。

"当然你要是真不喜欢……我也是可以的……"

一僵。

"……你不是刚吃过午饭了吗？"他的声音带着点儿疑问。

"谁规定吃完午饭不能再吃的？你不用担心，我的胃是平行宇宙，炸酱面那格填满了还有比萨啦、零食啦什么的独立空间。"我安慰他，"不过这次不知道为什么，总是觉得想吃东西，大概是车祸的缘故吧，撞成金鱼了。"

失忆和吃不停等于金鱼。

"……"他无语地看着我。

我稍微解释一下："我家老爸啊，大概因为是白手起家，对努力生存有种执着感，他担心我变成一个被宠坏的大小姐，严格限制我的零用钱，这种大吃二喝的机会很难得的。"

我说的没钱是真的没钱，不是那种身上只有几千块但是想要买万把块钱东西的那种没钱，后面怎样我是不知道啦，但现在我的生活费甚至还低于普通高中生的水平，连零食都只能一把撒进去作为惊喜奖励完全没有办法畅快地吃啊……加上爸妈忙得根本顾不上我，以至于我年纪轻轻简直是靠做预算活下来的。

唔……这么一想，之前打开钱包看到里头钱略多果然是病根？

说好的女儿要富养呢？

"看来这个担心不无道理。"他无动于衷地说。

"讽刺我吗？请尽兴。"我表示不介意，说实话，这种感觉其实很微妙，一方面来说愤恨和郁闷自己怎么变成这个样子了，一方面又没有什么实际感，就好像大家只是在说另外一个人，然后保持这个感觉稍稍往后靠一点儿的话……就觉得他这个讽刺好像跟我也没什么关系了。

"所以你跟我过来只是为了再吃一顿午饭？"他说，强调了一下"再吃"这两个字。

"不管是作为成年人还是男人，你都别无选择啊，猫粮大叔。"我笑，服务生好像为了支持这个观点一样适时插入，点餐一次性上齐，外加猫粮追单的一杯咖啡，效率惊人。

我道了谢，继续说："其实也没什么，我就只是到处转转而已。"

"到处转转？"

"嗯，据说走一下10年的心路历程，有助于恢复记忆。"我没形象地徒手撕比萨，但是很有礼貌地先放了一块在他面前的盘子里。他低眼，看向比萨的表情略显复杂。

我想了想继续说："老爸的公司我是从来就没怎么去过的，这个就不算了，但是我家的话，说是在两年前拆迁了，之后的补偿新房……反正爸妈也已经将重心偏移到国外去了，我也……嗯，结婚了，就直接卖给了老爸的一个朋友。而且新房另置，旧地已经变成一片商业区，所以才说没有别的地方可以去了啊……"我撕开一只小鸡翅，啃了啃，"后来想说去学校看看，好歹也是读了三年住校，结果跑到那里才知道……嗯，怎么跟你说呢，就是原来我们初中部和高中部本来是在一起的，结果在我毕业的第二年，学校因为扩招，学生变得有点儿多，原校址就整个改成初中部了，高中部另外买了校区，搬到山上去了。当时出租车司机把我往那么偏的路上带的时候我还不知道这个情况，刀都准备好了。"

"这几年城市变化确实很大。"他用手指摩挲着咖啡杯沿，把视线放在那里，皱着眉头却并不怎么关心地点评，同样也不怎么关心地问，"所以有没有帮助恢复记忆？"

"毫无帮助啊，变得更加茫然了。"我托着下巴，看向窗外川流不息的人群，"出院的时候我还在想，10年的变化该是怎样的啊，只是拆了建了翻新了拓宽了，城市的轮廓再怎么变大概都是这个样子。现在才知道，原来所谓城市的变化其实是在说人的生活，生活过的地方完全不复存在了。"

我小小声地"切"了一下，转头看见猫粮那张思维已经不知道飘到哪里去的脸，多少有点儿小得意。

"怎么样，感情饱满文采佳吧？我可是刚刚经历过高考的强者，正站在人类知识的巅峰。"

他把目光移回到我身上，冷冷地看着，就是不吐槽。

我不在意地活动活动手指，开始向第二块比萨进发，想起老板说过的话，多少有点儿介意起来，于是偷偷瞄他的样子，但是对面的人既没动比萨也没动牛排，只是端起咖啡认真地喝着，如此严肃认真、一本正经，让我突然对端正这个词有了些判定不能。他手指修长，骨节分明，喝咖啡的时候微微低下眼睑，样子真是好看得让少女的心都怦怦跳了。

我喝了口可乐，咽下嘴里的食物才开口："你都不吃东西吗？光喝咖啡可是喝不饱的。"目光移到牛排上，忍不住又补了一句，"当然你要是实在不喜欢……我也是可以的……"

他看我一眼，放下咖啡，拿起刀叉。我悻悻地收回目光，看起来酱酱的有点儿好吃的样子，考虑要不要再补一单。他突然开口："我们从来没有这样交谈过。"

"嗯？"我停下手上的动作，看着他，不明白他为什么突然提到这个。

"你办事效率很高，几乎不说多余的话。"

"结果现在才发现我是个话唠吗？"感觉要受到攻击，我抢先一步自嘲，获得主动权。

他眼角浮现一丝笑意，明显有下文，却没有接，只是用做外科手术程度的一本正经开始切牛排。

我莫名地嚼了两口比萨，吃了两坨小食，等了一会儿，突然灵光一闪："隔了八个段落攻击我的文采……"这种灵光都能被我闪出来……真的是站在知识的巅峰。

他的笑意更明显了，已经明显到可以看出来是笑意了。

这回轮到我默默无语，咬着油乎乎的手指头想了一会儿。

"我稍微听说了一点点……"当然是听严岩说的，而且听得非常"稍微"，"好像当年你父亲的公司是我老爸公司的一个上游公司，然后因为这样那样怎样的原因被迫和我老爸的公司解约，之后立马陷入要倒闭的困境……"

"……"他拿着餐刀的手顿了一下，之后动作就停住了。

刚才奇妙的氛围一秒不见，我抬眼，他正在看我，眼神的温度又冷了下来。

"后三年的心路历程。"我摊手，表情无辜。

"所以，这样那样是怎样？"他似乎接受了我的无辜，轻描淡写地问。

"你放弃吧。"我哼唧了一下，勾勾手指打个引号，"我的人生目标是'小言漫画家'，对商场上的事情一窍不通。虽然这件事我听说过完整的操作方法，但因为完全没有搞清楚所以完全无法记住。我老爸已经为我这个唯一的继承人如此不长进好几次都差点儿气出心脏病，所以太专业的东西你就别指望我了。整件事我就用几个关键词随便糊弄一下就好，反正你也不是不知道……"

"作为公司的副总和将公司从你父亲的基础上一手扩大到现在这个规模的人……我实在很难想象你对商场上的事……'一窍不通'。"他声音平板，最后四个字却说得缓慢，到底还是讽刺意味。

"随便啦……"我已然懒得在这件事上反复感慨岁月的无情了，

狂奔着往后退，然后统统当作别人的事就好了。

我撕着肉串继续说：“于是我用女儿的身份去求老爸重新考虑，再用你家整个公司和公司员工的生计要挟你娶我，逼于无奈你只好忍辱负重屈服在我的淫威之下卖身与我，从此一入侯门深似海……整个事情的经过就是这样的对吧？”

他脸色有些不太好看……不欣赏我的表达方式？

“果然没有什么真实感啊……”我叹了口气，像我这样的人会为了一个明显不喜欢自己的人做出这种极端的行为吗……强势，傲慢，心机重，连带着欺男霸女，完全是第一炮灰的配置啊……反转到这种程度，这个心路历程简直不想考据……

我琢磨着，又抬头凝视了眼前的人一会儿，从各个角度凝视，说：“虽然很帅，也不至于帅到刷三观啊……不过灵动起来会有意想不到的效果也说不定……”

“你可以把思考的过程也说出来。”

“所以我们才害怕成长吗？”我半自语地问，“害怕有一天变成面目可憎的妇人？”

“你这个年龄离妇人还有很长一段距离。”他冷静地说。

“也就是说，还会变得更加可憎吗？”

……

他居然没有反驳。

第三章

这 种 未 来
简 直 完 蛋 了

still

a

minor

at

28

　　"公司租用了大厦的其中五层。"猫粮……不是，郑伟嘉刷卡后按下一个让我无言以对的楼层按钮，"最上面是管理层和行政人事部，中间是运营支持，下面两层是技术服务，还有地下室的仓库，你的办公室就在最上层。"

　　"……为什么……这么高……"我站在附在大楼外的景观电梯里，看着那个感觉一辈子都到不了的楼层数，觉得连毛细血管都快要梗死了。

　　"只是大厦的中上而已。"他习以为常地说，"这部电梯是专用的，需要刷卡。"

　　我想了想，在钱包里摸了一圈，果然有一张和他一模一样的卡片，纯黑色卡面，只是印了大厦的名字和Logo，并没有特别的公司名和个人信息。我猜大概所谓的专用是指持卡者专用，还没有雷到少女漫画和言情小说的那个程度。

　　"我要是能把包里这些卡片指向的地方都去一遍，也许能拼凑出28岁的那整个人生也说不定。"我琢磨，"听起来好像一部电影。"

　　"听起来倒像是对现代社会的讽刺。"他表示。

　　我捧场地给了他两声赞同，觉得从刚才吃饭的时候开始就产生的这种聊天的气氛确实有些奇妙。按照那个欺男霸女侯门深海的设定，感觉他应该对我更加有敌意一点儿，但没有，只是不太友善，偶尔语带讽刺，但也没有更糟了。

所以是共事的原因吗？

当然也有可能是我笑得特别灿烂，伸手不打笑脸人，嗯。

于是我抬起脸，给了他一个特别灿烂的笑容。

他回给我一个莫名其妙的表情，然后就没有说话了。

电梯无声无息地运行着，大约专用电梯的使用者不多，加之中饭时间，中途并没有停下来过，楼层跳跃的速度比我想象的要快，倒是没有什么超重的不适感，只是连地板都是透明的，不知道建筑设计师是跟谁有着怎样的深仇大恨。不仅如此，整个大厦外部造型奇特，内部装修华丽，整体设计超凡脱俗，连带着那些出入于此的光鲜亮丽的男女，还有那个犹如世界尽头一样的大厅，这地方完全就是出现在未来电影里那种最后一定会被爆破掉的反派总部。虽然我去老爸公司的次数实在寥寥无几，但大致印象还是个妥当的工作环境，和这里一比简直跟个地下小作坊似的。

"要不是可操作性实在太弱，我都要怀疑这是老爹搞出来的什么阴谋了。"我学着亲爹的样子说，"'看你要是继承公司就会变成这样哦'什么的，趁人家睡着了来一趟造梦之旅，灌输某种思想……简直越来越像电影了……等等，10年前的科技有这个项目吗？或者10年后呢，时光机被发明出来了吗？"我的思维开始全方位多角度发散。

"听不懂你在说什么。"他已经懒得搭理我了。

我只好收了心思，为科技在该发展的地方没有好好发展感到非常痛心。

"所以公司现在有多少人了？"电梯终于行过一半楼层，我盯着变幻的楼层数，没话找话，分散一点儿注意力。

他的目光斜过来，脸上的表情有些说不清的东西在里面。

"包含各分、子公司，正式员工850人左右。"

"嗯……"我点点头，听着好像不多，不过完全没有概念，考虑着如果电梯再不到，我就该询问有哪些部门，都是干什么的，每年能赚多少钱，这个世界上最高的楼是哪里，有多少层了。

"你看起来脸色不太好。"他似乎觉得有些不妥，表情疑惑地问。

"是啊。"我同意，并保持笑容，"大概是有点儿畏高的缘故。"

"这是你选的楼层。"他指出。

"是啊，大概是有点儿精神不正常的缘故。"这简直太能说明问题了。

他犹豫了一下，伸出手扶住我。我感到左侧肩胛骨上带着温度的坚实力量传导过来，才发现自己在微微发抖。

我试图解释一下："其实没那么严重，你知道就是那种站在高处大部分人都会有的不适感，我只是不能像大部分人那样将它忽略不计而已。"

尤其是天高地高，还连地板都是透明的这个F开头K结尾的设计。

"不！"他轻轻摇了摇头，"至少我终于明白了一件事，为什么你每次从这台电梯里出来，都有个项目经理要哭晕在厕所。"

我被他的说法逗得笑出声来。

"本来想说才刚刚燃起一丝果然是穿越到平行宇宙这才不是未来

的希望，就被你的幽默感击倒。"我觉得有些放松下来，再偷摸着靠近他一点儿，"看，你居然有幽默感。"

"我只是陈述事……"他脱口，顿了顿，最终只是发出个类似轻笑的促音，"算了。"

电梯发出叮的一声，我转头去看，对无知无觉就已经抵达了目标楼层多少有些意外，猫粮叔真是分散注意力的小能手。

门外是一个不大的前厅，当然"不大"是相对一层那个世界尽头而言的。猫粮轻轻推了我一下，我才坚强地走了出去。正对着玻璃门，一眼就能看到公司大名，这大概也是我唯一能认出来的东西了。大名下面安置了个前台，前台有两个位置，但只坐了一个人在那里，是个短头发的年轻女孩，看起来精明能干，一边接听电话，一边在电脑上记录些什么。

我们走近的时候她刚好挂上电话，抬眼看了一下，看到我先是微微一愣，随即露出一个极为专业的笑容，站了起来："副总，特助。"

"嗯。"猫粮点点头，我不知道该有什么反应，索性不反应了，只是跟着猫粮往里走。那女孩目送我们，脸上的表情是克制下的八卦气息。

她克制得很好，但17岁的少女对八卦气息什么的最敏感了。我觉得有点儿莫名其妙，又觉得十分懊悔，才解决完中饭，猫粮问我要不要去自己的办公室看看，还难得的引用了我的话，"有助于恢复记忆"，于是我再一次脱口答应，之后恨不得把自己的反射弧直接掐断。

所以特助是个啥？

里面是宽敞的办公区，用隔断划分出个人工位，不知道是不是猫粮所说的行政人事部，因为除此之外就只是贴着编号的会议室和贴着名字的办公室。午休时间只有少数几个人在座位上，从我们踏进来之后就一直保持着略微起身可以目击一切，但又能在被注意到的时候迅速装死的造型，总而言之就是公共厕所蹲马桶的样子。

"所以你们已经公告我的死讯了吗？"我偏过头，小声地问猫粮。

"什么意思？"他皱眉。

"为什么这些人都是一种……猎奇的表情。"我思考着措辞，没这么夸张，但似乎也差不多。

"我告诉过你。"他只是不轻不重地看了我一眼。

我低头，打量了下自己，再看向迅速装死的那一小撮妆容精美的职场女性，突然就明白了。

"你们这群死大人……"这身打扮明明就很清爽。

他没有理我，只是在一扇贴着"副总经理"名牌的门前停了下来，扭动了一下门把手，推开了。

"这就是你的办公室。"

我默默无语地看着他，才把视线移开，面对着办公室探了一下脸。

"嗯……很大。"我干瘪地说，基于名牌下写着我的名字还用拼音注释了一下，实在无力反抗。

"不进去看看？"他倒是闲散，抱着胳膊站在一旁，难得的显得漫不经心。

"积怨太深！"我极力控制面部表情，"危险。"

他不置可否，我则有些尴尬，考虑到身后不远处那些大中午还要蹲马步的人，只好如同跨越结界一样谨慎地迈了一步进去，没有期望中的电光火石、电闪雷鸣，就只是进来了而已。

猫粮跟在我身后，进来的时候把门虚掩上了。

我站在办公室中间，环顾一圈，这种感觉说来可笑。说真的，这简直是百分百还原了老爸那间办公室，当然也有可能只是装修样板，毕竟老爸的办公室也毫无特色可言，就只是落地窗，办公桌、会客用的沙发和装饰用的书柜，墙上挂着别人送的裱画和那几句鼓励人民企业家要潮涨潮落我自岿然不动的毛笔字，适当的绿植点缀其中，还有个高山流水的小盆栽，除了此间里的桌子上多了一台明显高级许多的电脑和两摞足够掩埋一具高三学生尸体的文件山外，简直别无二致，勤俭节约，一脉相承，感动人心。

于是我又忍不住想起另外一个感动人心的地方，严岩用了那么多的语言描绘的那个我亲自挑选，亲手布置，使用大剂量暖色调，重点在于奢华，如暴发户般的追求着巴洛克风格，无处不在的繁复夸饰、富丽堂皇、气势宏大的，用作结婚新房，在里面生活了三年的家，说得如此绘声绘色，感情饱满文采佳。那个才是正经样板房吧，简直就是指着开发商的广告说"就装成这个样子吧"的样板房吧。

然而这根本就不是一个比喻，我确实在装着房产证的文件袋里发现了三年前的楼盘广告……

是的，就在出院当天我就用了一下午加一晚上的时间，从地下室的车库、健身房、储物间一直摸到一楼的客厅、餐厅、厨房、小卧室，再摸过二楼的主卧、次卧、茶室、书房，就连衣帽间也没有放过，还有那个就像是蓝胡子的金钥匙一样的，全建筑只有它上锁的阁楼门，我也摇了两下，至于那个装着房产证的文件袋，就是在书房抽屉里找到的，压在一起的还有结婚证和一堆别的东西，袋子是印着开发商Logo的袋子，楼盘广告就夹在外面，一看就是十成十因为忘记扔掉才一直放在那里的，装修根本就和上面的照片一模一样……简直生怕我看不出来这是图省事买的样板间吧。

说好的感情呢？

"怎么了？"或许是崩落得太过明显，他反倒生出些关心……或者仅只是好奇地问。

"觉得挺讨厌的。"无论他是出于什么心态，我都无从介意，只是干笑了一声，"从小到大我总是为这件事跟老爸吵得不可开交，他希望我能继承他的公司，我却对这件事一点儿兴趣也没有，就只是想画画而已，就只是想用线条来描绘我心里的世界。我猜如果一开始就没有喜欢的事，大概讨厌也不会变得那么无法容忍。但是我年轻嘛，年轻气盛，喜欢就是喜欢，讨厌的就是无法忍受，才不会委曲求全。前两天还在为了填报大学志愿的事和老爸爆发了一场，到现在冷战还没有结束。"我抬手，对着办公室划过一圈，"所以现在我知道了，原来不单单是生活过的地方不复存在，连那些想要的生活，也从来没有实现啊……"

那些狗血小说果然还是源于生活的，什么理想啊什么现实啊，确实是了无生趣的。

猫粮看着我，皱了一下眉，似乎有些欲言又止，然而还没等他说出什么，敲门声就响起来，打断了我们。我们同时看过去，一个看起来和猫粮差不多大的男人面色犹豫地探进来。

"副总，打扰您一下。"

这是谁?

"市场部经理,任磊。"我心中的疑惑猫粮简直不能更理解,他走到我身后,轻声说。

"什么事?"我略略觉得这个名字有些熟,只是不太确定在哪儿见过。

"副总……您……"他走进来,先冲猫粮抱歉了一下,再看我,果然一副看仔细了就猎奇的表情,"……您身体好些了吗?"

我点头:"说事。"

老妈说的,不了解情况的时候字要少。

"就是之前我跟您说的……"他的神色别别扭扭的,"高新区那个项目,您说您会想办法,这都一个多星期了,您身体不舒服我不好打扰您,只是再往后拖我恐怕能活动的余地就更加有限了。"

要不要一来就难度系数那么大……我强忍住翻白眼的冲动,好像还没有上课就直接开考的感觉,这也就算了,全试卷马赛克是几个意思?!

高新……任磊……

我从包里摸出那个记满行程的记事本,翻到最后一项,上面写了一行字——高新任磊办公厅陈谭(处长),然后是一串号码。

我默默地把那串号码抄下来,递给任磊。

"办公厅,陈谭处长……"字要少。

对方立马双目放光,接过来,三恩九谢地退下了,并祝我身体健康。

我匪夷所思地看向猫粮,他无言以对地看回来。

"我肯定看过这么一部电影……"我和他商量,"怎么样,你要是现在告诉我这一切都是虚构的话我就承认你帅刷三观，毕竟不真实的东西总归是要更加美好一点儿的。"

他明显没我坚强，吐不出槽。

我试图挽救他。

"话又说回来，猫粮，你的职务又是什么？"思考了一圈，好像也只有这个能问了，既然没人告诉过我他在这里上班，自然也不会有人告诉我他上班都干些啥。

"……总经理特别助理。"他顿了一下，"别叫我猫粮。"

"啊哈。"简称特助。我懂了，但是也只是字面上懂了而已，除了董事长、法人什么的政治经济课上有学过，其他无法一目了然的职务就完全没有概念了，所以也不能明白他到底算是混得好还是混得不好。总之该看的也都看过了，该后悔的也后悔了，此时不逃更待何时。我比画了一下，打算重申一遍这对"恢复记忆"什么的毫无作用，然后抓紧时间赶快撤离，并且绝对不搭那个专用电梯。

然后又是敲门声。

"就不该先做心理活动的。"我更是悔恨交加，再来一次绝无可能，心好累，掐掉反射弧吧……现在就掐。

伴随着高跟鞋清脆的咔嗒声，这次敲门的是位无论从何种意义上来说都让人赏心悦目的大美女，一头深栗色长鬓发，恰到好处的精致妆容，红色小西装和黑色短裙，显得皮肤又白又嫩，身材凹凸有致，简直好看得让人移不开视线。

但手上抱着的那堆东西又立刻让人无法直视。

"沈苑，你的秘书。"猫粮驾轻就熟，简直都不用我散发出询问的气息。

于是我就立刻想起来了，在住院期间她似乎有来看过我，看了30秒钟左右，就是因为掏出日程表开始谈工作被严岩客气地请了出去的那位秘书，她走后我还半开玩笑地和严岩说，我也是有秘书的人了啊，但是为什么是个长相这么漂亮的女性呢，一点儿福利也没有嘛，我要看英俊小白脸。

就这么连带着多余的东西一起联想起来了，我不动声色地点了点头。

"有事？"字要少。

"副总，这些文件……需要您签字。"她看看我，又眼神飘忽地看看猫粮，表情倒称不上猎奇，只是非常不自然。但是话又说回来，不知道为什么，总觉得这位秘书小姐在面对我的时候气息总是有些僵硬，虽然从各处的反应来看，我多少有点琢磨出来28岁的那位凉夏副总经理八成是个冷酷、严厉甚至变态的28岁明明不老却偏偏整个人凶残有如训导处主任一样的终极Boss般的存在，但无论是凶残的一面还是这么清新可人的一面，这位小姐都应该不是第一次见不了解情况了，作为秘书这个适应能力和反应能力略有些差啊……

和变态相处久了难道不是应该被折磨得更加处变不惊吗？

大概是被我盯着久了，沈秘书更加不自然了，她不自然地伸手拉了拉裙子的衣领处，才犹豫地递出手上的东西。我淡定地收回目光，这倒也是，那是胸部唉，怎么可能不看。

我默默伸手接过来，又转头看了一下桌子上足够埋下一具高三学生尸体的那两摞文件，多少有些明白秘书小姐30秒就掏出日程表准备谈工作的行为，工作狂什么的，实在是积怨太深。

"嗯……"我装模作样地低头看手里的东西，第一份文件只是三张别在一起的纸，第一页似乎是打印的邮件，日期是12天前，发件人写着我名字的那封内容就只是"同意"两个字，再下去大概就是被同意的内容了，这封的篇幅就长得让看的人立时就产生了阅读障碍，而且从最后一个字来看其实一页纸根本就没打印完，应该只是用副总经理的那个同意邮件来佐证第二页纸的内容，一笔数目不小的美元付款申请书，第三张估计是这一笔付款的分项金额，列表细得简直不亚于那封阅读障碍的邮件，而且还是全英文。

我按捺住抬头去看猫粮的冲动，因为基本也不用怎么按捺。

"这是美国D.A那个项目。"猫粮特助果然有接收到我后脑勺发出的求助信号，只越过我的头顶扫了一眼那封邮件，"因为客户的操作不当造成了一些问题，我们的人已经解决了，这些是当时购买备件产生的费用，你邮件批过，钱也已经付了，现在财务记账，需要补一份签字。"

还特意照顾了我对此一窍不通的状态，讲解的只是关键字，简单易懂。

"哦……"原来如此，终于搞明白一件事真是可喜可贺，比起第一次，解决的方式也容易接受许多。

我把这三页纸丢在桌上，再看下面一份，又是一阵认知困难，我认真想了一下，干脆把所有的文件都丢桌上。

"我马上要走，这些就先放在这里。"

她蹙眉，看了看被我丢到桌上的文件，又看了看我，欲言又止，最终只是点了点头，然后转身离开。大约是略略踮了脚，小高跟都没有了进来时清脆的咔嗒声。

"另外，不要再让人过来了。"我在她出去之前补充一句，万一排起队来我还走不走了，看着桌上那两堆，闹不好门口已经一条龙了。

　　我倒是已经深刻体会过这位28岁凉夏车祸前的工作量了，之前有大概半天的时间我什么也不干，就坐在那里盯着手机看邮箱里未读邮件和短信的数量一封一封往上涨，电话反而不多，大概总归是个病人，有个身体最重要什么的客气话在……

　　"是……"她应声，门关上的时候眼神不留痕迹地挑了一下猫粮，露出委屈的表情。

　　我是17岁的少女，我敏感地捕捉到了这丝委屈。

　　"沈苑。"我品味了一下，对这样的女人向来是打心底的佩服，我能驾驭的估计也就只有球鞋，今天出门找到双平跟凉鞋已是身手不凡，即便如此，脚踝上的带子还是隔着创可贴有如钝刀一样有一下没一下地磨得我生疼，这总是让我想起小时候，我蹲在一边，看妈妈把她形状优雅的双脚滑进那些让人惊心动魄的鞋里，然后在我捧上创可贴的时候对我说，你永远都无法预知高跟鞋这一次会磨痛你哪里。

　　我闲闲地想，或许高跟鞋之所以被称之为武器，就是因为穿高跟鞋的女人总是杀气腾腾的，疼痛让她们怒火中烧。

　　所以这位漂亮的要脸蛋有脸蛋要腰身有腰身的秘书小姐，虽然在我面前的表现始终有点儿僵硬，但从气场上看怎么都应该是个杀气腾腾的自我定位，无论如何不该在面对上司的时候紧张窘迫僵硬，更遑论那个委屈的表情。

　　于是我奸笑一下，看向猫粮："你的情人？"

　　他要是喝水大概就喷我一脸了，那种看待精神病的眼神，从见第一面到现在加起来都没有这么浓郁过。

"你看到她最后挑你的那个眼神没，还有受到伤害的表情，简直完美地解释了为什么作为我的秘书她见到我的时候会这么不自然……"我停下来，伸出两根手指隔空戳戳他的眼睛，"你婚外情你还瞪我……"

"你就凭这个说我有婚外情？"他难得提高音量，似乎实在觉得无法沟通，只好以声音表达怒意。

"所以我打了个问号。"我提醒他注意句型。

"你在试探我？"他终于得出结论，皱着眉，很不耐地问。

"……您想得还真是深远。"我虚假地夸赞道。

转身。走人。

调笑一下八卦八卦而已嘛，他这是什么反应，这个人还真是一点儿情趣都没有。

他没有说话，在我好不容易触上门把的时候才出声叫住我。

"你打算什么时候回来工作？"他指了一下桌上的高峰，"已经积压很多了。"

"工作？"我用尽全身力气才把手从门把上撕下来，又跋涉回来，近距离给了他一个"你在搞笑啊"的表情，"你仔细看我，看到我的灵魂深处，我才17岁，童工哦。"

"16岁以上不算童工。"他直接抹杀我的灵魂，一副不管我翻出什么花他都拿去给我上坟的表情。

这回终于轮到我表情复杂地看着他。

他倒突然淡然了："你就这样放着公司不管了？"

"公司？"我扬了一个尾音，犹豫了一下，虽然很想随意地指着某个方向，假设有一间贴着总经理加老爸名字的名牌的办公室跟他晓之以理，但毫无疑问的，那位老爸现在还在国外，而且据他本人所说，日程安排的正常归期是一个月之后，好像是董事会什么的。前两天在医院的时候就打过网络电话给爸妈，那个时候已经镇定下来了，于是习惯性地不想给他们多添麻烦，就只是简单说车撞了一下，有点儿皮外伤，并不要紧，何况我确实觉得没有哪里是要紧的。严岩则从专业的角度简单讲了一下受伤的程度，以及因为撞击发生的记忆混乱，人类大脑的自我保护方式什么的，属于正常现象，所以基本没什么值得担心的，之后又花了点儿时间和爸妈聊了一下这10年发生的事，并经过再三保证之后让他们放弃了回来看我的打算。

真是挖坑埋自己啊，我咬着手指头，我这种花骨朵一样柔嫩的17岁文艺小清新，哪来的没人管公司这种意识啊。

"……"那边的人还在抱着胳膊，等待我的下文。

"哪！"我打起精神，指了一下办公桌上那两堆文件，理直气壮地深吸一口气，"如果我指着的那一堆就叫作'积压的工作'的话，那么，就请使用任意门穿越到地球对过儿的加利福尼亚，全部推给一个稍高微胖嘴皮子上留着胡子的中年男人就可以了，你要是想不起来他长什么样我还可以借你照片。"

"没有任意门这种东西。"这才是处变不惊的典范，猫粮君的适应性简直完胜。

"车不会飞就算了，连任意门都没有吗？"我愤愤，"时光机也不行，这种未来简直完蛋了。"

他连姿势都没换："玩够了？"

我"切"了一声，居然没有蒙混过去。

虽然不知道后来怎么样了，但是现在的我……劝各位还是不要指望了，不管这张皮看起来已经沧桑了多少年，但是内里的我还只是个17岁的雨季少女，既然是17岁还雨季少女，那么要想我坐到那个位置，至少还得再来几个雷劈一下吧。退一万步来说，就算不小心真的遇到了雷雨季节，那我的能力也要到位才行啊。

　　"还是打个电话给老爸让他赶紧回来吧……"我犹豫，前两天才说没什么要紧的，现在又说不可能恢复啦快回来主持工作感觉有点儿怪怪的，不过出个车祸然后突然提出不干了游手好闲去了，虽然对老爸来说是猛烈了一点，倒也像是人类社会会发生的事……关于什么生命的感悟之类的……

　　"董事长已经很久不管事了。"我还在进行丰富的心理活动，对面的人就已经出声打断。

　　我有点儿反应不过来他的意思。

　　"是因为外围的事务吗？听说重心已经转移出去，在外边常驻了。"感觉很忙的样子，我多少有些习惯这种状态，所以也习惯了不要耽误。

　　"话是没错。"他点头。

　　我怀疑地看着他："你在得意什么？"为什么散发出一种微妙的愉悦感。

　　"什么？"他反问。

　　"虽然装得无波无澜，但是你脸上的颜文字分明写着'得意扬扬'四个字，还是闷骚的仿宋体。"

　　他眼睛眯起来了。

　　怎么……不觉得仿宋体闷骚？

　　"所以？"我等着他解释。

他倒也没有什么吊人胃口的多余行为，只是轻微挑了一边的眉毛，用一种不关我事但期待后续的平缓语速公布答案："加州除了有旧金山和L.A.，也有阳光海岸和红酒。"

于是经过一个漫长而寂静得就连楼下员工吃饱归巢的声音都清晰可辨的沉默后，我发出一个音节："哼……"原本是想干笑的，但面部肌肉和声带都已经遗弃我了。

我真是自作多情啊，之前还在自我陶醉，想象着白手起家，兢兢业业，浸着血汗打拼下来，一生都是为了这份亲手创下的基业的图景。之前老妈老爸口中的什么努力生存的执着，什么捂着心脏颤抖指尖咬牙切齿地挤出来"我怎么养出你这么个不长进的女儿"啊，都是演的吧？！难怪每次演技一发作老妈就开始削水果以掩盖那浮夸又拙劣的演技。

我是不是15分钟前就打算走连门把手都摸到了来着？

"所以呢？"他再一次平淡地问。

"继承老爸的公司大概是我人生最不想做的事排行榜榜首吧。"我也平淡地看着他，"而且蝉联17年一直居高不下。我不知道你们对我所谓的'丧失记忆'抱有多乐观的看法，恢复记忆什么的在我看来一点儿真实感都没有。而我对于这些东西也一点儿概念都没有。这个公司，公司里的事，说实话，我的了解仅限于它到底是个干什么的这个层面而已，而且还是10年前的理解，我根本没有办法来处理你所说的'积压的工作'。"

他看着我，一副明白了的样子。

"我下个星期一会过来上班。"我说。

"下星期一？"他有点儿惊讶地重复了一遍。

"今天已经星期四了，你想怎么样，上吊也要给人点儿时间料理一下后事吧！"我很不满地指摘。

"我表示疑问的是正常人觉得奇怪的地方。"他也丝毫不为所动。

"那你应该重复的是'会过来上班'才对。"

气氛又僵了一下。

"原来你知道什么是正常的部分。"虽然没有笑，但他的表情多了一点儿揶揄的意味。

"看来我们还是可以沟通的嘛。"我祭出歌舞升平的笑容愉快地拍了拍他的肩膀，赞赏道。

"我想知道你的理由。"他稍稍偏头看了一眼我拍他肩膀的手，却没有抽离，只是又把头偏回来，面色严肃地看着我问。

"也没有啦！"我不好意思地低下头，用手轻轻揉了揉额角上的伤疤，"你看，平白的日常对话多么无聊啊，我就在无关紧要的地方稍微注入一点儿活力嘛，当然性格上的问题也是一个原因啦……"

"谁问你这个！"他终于抬高音量，一副快要忍无可忍的样子，随即好像懊恼自己失态一样，叹了口气，"我问的是你要来上班的理由。"

"追求一下上下文的反差效果。"我保持灿烂的微笑想也不想地回答。

"啪。"一声小小的暴青筋的声音。

"我只是想认真地对待这个人生。"我低下头打上凝重的阴影。

他一副已经快跟不上节奏的样子，看着我反倒淡定下来。

感觉很好调戏但是很难持续的样子……

"早就说过了，只是到处转转而已。"既然玩不下去，我也就恢复了惯常的散漫，"只是上床睡觉，醒过来就面对着一个什么也不知道的人生，这种不实感无论我再怎么说大概也没人会懂……也许只不过是在做梦，也许……我已经死了也说不定……"我咬着舌头，含糊地说。

这种想法一旦产生了根本停不下来，就好像那种看起来很聪明的电影，用了整整一个故事的时间只是为了让主角接受自己已经死掉的事实。人类对自我存在的判定完全没有基准可言，只能相信大脑生产出来的东西，全是些主观的东西，脆弱得毫无保障，谁知道我是睡着了、昏迷了、死了，还是发疯了，现在经历的这一切又是否真实，这脑洞一开直达哲学高度，和这个疑虑相比其他简直都不算事儿了。

我也严肃地看着猫粮，他似乎被"我死了"也说不定的言论震到了。

我冲他露出一个轻快的笑容："但是无论虚实与否，我都不想在什么都不知道的时候草率做出任何决定，所以不管再怎么讨厌，不管是否真的能够理解，我都想要至少去经历一下，曾经走过的路，做过的事，生活过的环境，再去做出判断，所以……"我保持微笑，伸出手指绕了一圈，"就只是到处转转而已。"

他用一种奇怪的眼光看着我，大概是在判断我如此严肃是真的在认真说话还是在寻求上下文的某种效果。

我决定放下他让他慢慢自生自灭，正准备转身继续走人，他却叹了口气："你这个人，还真是……"

"真是什么？"简直走不掉了啊。

"你曾经说过……"他没有回答我的问题，只是眉眼放松下来的样子让人有一种奇妙的安定感，"每个人都会害怕，但惯于逃避的人，无法面对现实。或许你已经不记得了。"

"……不，我很清楚这句话，你要是知道它是援引自哪里你大概不会对我露出这种好像有点儿欣赏我的表情。"我脸皮自动凝结，防止自己因爆笑过度噎住最终憋成半身不遂，"不过那只是对我，这句话倒确实是一句好话没错，至少一直以来，我都靠着它作精神支柱，和我老爸斗智斗勇。"

他沉默了一会儿，明智地选择不要深究。

"不过虽然漂亮话是这么说的，但那个'经历一下'大概也只是坐在这里当个吉祥物而已。"我平摊双手，装出非常遗憾的样子，"我对这家公司运营的最大一次参与，似乎是小学某年的暑假，被我妈扔在财务部，把一堆已经完全不记得是什么的东西按某种顺序排好。"

所以那种言情小说一样让人玛丽苏的热血场景应该是不会出现的。

"你是个努力的人。"他平静地说。

我不解地看着他，这从哪里来的感慨……

他只是学着我的样子，伸出手指绕了一圈。我想我明白他的意思，这一层楼很大，建筑本身就极具现代化含义，内部装修更是不遗余力，处处都显得精致高效，昂贵而冰冷，只有站在高的地方才能感受到的那种冰冷。他的手指最终指向的地方，落地窗可以看到这个城市几乎边沿的距离。

从"最大参与"到"一手扩大到现在这种程度"吗？

我突然有了种可能跟我没有什么关系，但被夸奖了有点儿不好意思的错觉。

"所以你会帮我吗？"我问他。

"你信任我？"他反问。

我想基于我们之间本应该有的关系，这句话会不会带着某种讽刺。但是并没有。

"我爸说，你只有全力以赴地去信任一个人，才能知道这个人是否真的值得信任……"

"但是别把钱压上去。"他接上，唇角现出一条浅浅的笑纹。

我愣了一下，就在这一瞬间猛地被一种强烈的真实感击中，这个人是我的丈夫，即便是感情不和，我们也有着最为微妙的亲密关系，即便再不愿意，也依然不得不分享空间，分享生活，最可怕的是，分享全人类为这种关系赋予的存在感，还要被迫知道对方家族的内部冷笑话……

我窘迫地看着对面的人，一旦产生了那种存在感，这个人突然就变得全宇宙独一无二起来，这种强塞的感觉让人生气，我就真的有点儿生气。

"也有可能是我妈说的，但是她还是相信了我爸，把全部的钱都压上去了。这你就不知道了吧。"我哼哼唧唧地说，不等他回答就拉开门，"所以你好好上班挣钱钱吧，我要走了，人家也是有很多事要做的。"

"做什么？"他却开口追问了。

我用一种奇妙的心情回看他，大约表情也很奇妙。他轻微地皱了皱眉头，看起来有些懊恼的样子，知道原来这位叔也会不过脑子，真是让人倍感欣慰。

　　"我要去严岩家吃晚饭，所以还要去买些东西。"我诚实地说。严爸严妈一直很惦记我，在医院的时候就说好了等出院就去家里吃饭，只是出院当天严爸刚好有台紧急手术，才往后延了一天。

　　关键是你听得懂吗？

　　"严岩是谁？"他果然问。

　　这个问题听着还真是耳熟……

　　"医生。"我学着严岩营业用表情，活该你们感情不和，都没有融入彼此的朋友圈。

　　他的样子看起来更加的疑惑了。我准备好他要是再问，我就回答出可以衍生更多问题的答案以憋死他。

　　他却只是微微露出个犹豫的表情，却没有追问，果然是容易调戏但难以持续的节奏，我准备得稍微有点儿充分，还心生了一丝失望。

第四章

大 宇 宙 是 真 的
恨 我

still

a

minor

at

28

从严岩家出来已经晚上8点半了，我家的旧址和严岩家原本就只隔了一个不大的公园，现在旧址变成商业街，公园和步行街连在了一起，倒好像变大了一倍，到了晚上路灯点点，显得很是悠闲。我和严岩并肩走在公园的石子路上，小夜风一吹，我忍不住饱足地伸了个懒腰，对严爸的手艺真是回味无穷。

虽然严爸严妈一个是外科一个是内科，但料理内务的水平确实是外科的那位要显得更加精湛一些。做菜是主要爱好，严爸这几年渐渐位高权重，简单的手术便下放给那些年轻医师，不用像年轻时候那么拼，多了些精力可以投入到个人爱好上来。所以，虽然说烧菜的技术是用了几年时间才提高到现在这种水平，但对于我这种时空穿越者来说根本就是一夕之间的事，以至于记忆还停留在旧有程度上的我，在咬到第一口油焖鲜虾的时候好吃得眼泪直接就从眼眶中喷发出来。严爸也是很久没有收到这么直观的夸奖，当即一拍桌子，又露了两手，这两手直接导致我扶门而出的时候还觉得大概从这里徒步走回家，都消化不了胃里装满的食物。

基于我这两天的食量，和我现在住的地方到严岩家的距离，这真的不是在夸张。

"脚不疼了吗？"严岩偏头看我，温和地问。

我懒腰伸得太开，就有点儿不好意思，把脚伸出来晃了晃，点点头："嗯。"

严岩家最不欠缺的大概就是医疗用品，出于职业习惯，急救箱总是准备得非常充分，虽然我因为怕痛，早就自己贴上了创可贴，但走得久了，创可贴被凉鞋的细带卷了起来，反插我一刀，真是令人悲痛欲绝，于是小严医生发挥其专业技能，给我打了个专业的小绷带。

"其实并没有我记得的那么疼。"我说，外面的皮肤被反复碾磨一直到破皮，露出内里毫无防备的布满感觉神经末梢的嫩肉，再直接接受足以擦破表皮的摩擦，我曾经也多少出于好奇心尝试过，那真是一次痛到眼前发黑的体验，实在无法理解人类为什么要自我伤害到这种程度。

于是从那之后我的穿衣风格也就正大光明地稳定下来了，坚定舒服至上，不痛不痒，心态健康，温和无害，就连我妈都开始捂着心口怒我不争。

不过相比那次从商场出来三百米就扑街的经历，这次走的路实在不少，纵然和鞋跟的高低有关系，但磨破的地方一样是磨破的地方，这种痛感就只是还好。

"也许只是因为你习惯了。"严岩看向前方，若有所思地说，"你只是想不起来了，但有时候身体的记忆要比大脑来得直接一些。"

"是这样吗？"嘴上说着不要，身体倒还蛮老实的嘛。

嗯，好像还真是这样的。

我一本正经地点点头，严岩却好像知道我在想什么一样，笑出声来。我怀疑地看着他，担心自己是不是不小心把脑子里的声音给念出来了。

"我已经很久没见到你露出这样的表情了。"他收住笑之后，才用一种怀念的方式感慨，"一副看起来很正经的样子，但脑子里都是些乱七八糟的东西，表情越正经，脑子里想的越乱七八糟。真让人怀念。"

我默默地看着他，对这件事本身倒不介意，发小儿大约就是有这样的好处，在对方面前你总是知道自己是什么样的人，最棒的是对方也知道，尤其当对方帮忙藏漫画然后大家的阅读范围一起裂开的时候，还有干了什么蠢事找人救命的时候，不用去费力掩饰，既然到现在都还没有决裂，那应该是已经全盘接受了。

我幽怨地开口："不要把什么都改成过去时，这是什么，英语语法考试吗？"我活得好好的不要怀念我。

"放轻松一点儿。"他轻笑，用安抚的语气说，"还记得我跟你说过的吗？这是大脑的一种自我保护的形式，等它觉得你安全了，自然会慢慢好起来的，所以放轻松一点儿。"

"为什么？我的人生吓到我的大脑了吗？"我不满地哼唧，"所以到底是在保护什么啊？我昏迷了多长时间，有几个小时？如果是这种小车祸的话不应该只是忘记事发前的一段时间吗，为什么会一忘10年？"

别看我功课很好，我还是很会看电视剧的。

"大脑的构造和运作本来就很微妙，很多事都是现代医学还无法解释的。"严岩不轻不重地说。

真是机智。我对他这种敷衍的方式嗤之以鼻。

"连疼痛也能变成习惯吗，也许真的是吓到大脑也说不定啊？"我踢开路上的一颗小石头，感受脚尖的存在感，"可以再讲点儿故事了吗，这是用了多长时间才变成的习惯？"

严岩沉默了片刻，像是在思考，又像是在回忆。

"应该是从你上大学去打工的时候开始的吧。"他最终说，"你因为高考填报志愿的事，那段时间和你爸爸闹得很大。你不去上课，自己在外面报了个原画培训班，和一群美术生混在一起，还溜去美院旁听，到期末的时候成绩自然不会好看。你爸一怒之下切断你的经济来源，逼你留在学校，你索性跑出去打工……大概吃了很多苦头。"

我觉得我应该感到怒意，心里却有些发麻，我想更接近于恐惧，这个时间点太现实了，只要想到爸爸真的逼我修改了志愿，我就觉得自己真的会做出那样反抗的举动，甚至为此有些隐约的快意……

但10年之后呢？我茫然地看着不远处我已经不复存在的生活，一切又变得虚无起来。所以这果然是在做梦吗？在我睡着的时候，在我放松的时候，在我面临最重要的选择的时候，心里一直存在着的被压制在角落里不去听不去看的那个小小的声音，用这种荒诞的方式告诉我。万一呢，万一真的有一天被现实打倒在地呢？

"然后呢？"我问严岩，声音平静得连自己都感到惊讶。

"你还是学生，打工都挣不了什么钱。"严岩停了一会儿，似乎是在犹豫，但还是继续了下去，"但是却很辛苦，有时候在路上要花很长的时间，有时候付出很多但收获很少，有时候会受很大的委屈，有时候做夜班服务生，整夜睡不了觉，白天还要去上培训班的课程。你一直很坚强，但有时候生活的残酷就在于，它会花很长的时间碾磨你的意志，最后击垮的那一下却很直接。"

"那个原画培训班的成果并不理想。"他委婉地说。

嗯，我想也是。

"还要继续听下去吗？"严岩温声问我，他总是一点一点地告诉我这10年发生的事，大约有什么医疗规定，可能是怕信息量太大，失忆的人会承受太多压力，他告诉我的，总是比我想知道的要少。

我点点头，他则叹了口气："即便是这样你也不愿意放弃。有时候你很难去判断真的是天分止于此还是仅仅努力的程度还不够。你很怕这最终变成一种借口，结果只能不管不顾地努力下去。你也说你只是在和自己赌气，不甘心接受现实。后来你和叔叔达成协议，可以继续学习画画，但是培训班的费用要自己支付，大学的课程也要如期毕业。"

他继续给我讲我的故事，这一次比以往说的都要多。

"你不再去打那些解决不了问题的零工，就这样进入了叔叔的公司。作为实习生，按小时支付薪水，并不比别人多，也不比别人少，情况的确比之前好了很多。但你还是每天每天都拼着命工作，拼着命学习，拼着命生活。从那时候开始，性格就像是真的赌了气一样变成和以前截然相反的样子，所以我想你大概是真的在赌气，不但要气死自己，也要气死别人。"

"原来是这样啊……"我把胳膊枕在脑后，他说得很简单，我也只能尽力去想象那种感觉，"确实不是什么美好的经历……"

果然是要憋好了，把失忆的状态维持得久一点儿的节奏啊……虽然我对他所说的事都没有切身体会的实在感，但就像是在求未来的时候抽中了下下签，心里空空荡荡的，又有些失望。

我微微扭头去看严岩，他低着头，脸上有些犹豫不决的神情。

我想了想，把手放下来："我们的关系其实没以前那么好了吧？"

他抬头看我，脸上的表情很是意外。

我耸耸肩："我想用疏远这个词的，但是感觉太可怜了，不算这种丧失记忆穿越时空的紊乱状态，这个……"我指指自己，"没有朋友吧？"

他的嘴角轻轻压了一下，没有说话。我猜这是默认。

"日程表上全是公事，短信和手机里的邮件也都是公事，来探望的也都是公事。"我是真的要好好琢磨那部所谓的智能手机的，"气成这样，肝脏君还好吗？"

他有点儿无奈地笑了笑。

"辛苦你了。"我说。

"别这样。"他皱着眉，摇摇头。

我看着不远处的商业街，伸出手，沿着公园的边线划出暧昧不清的轮廓。

"这里真好，"我说，"明明只隔了一个公园，这边却好像什么变化都没有一样。"

严岩抬头看我，又顺着我的指尖看过去，好像有些难过又有些松了一口气的样子。

我假装没有看到，只是轻松地说："叔叔阿姨也是，都没有适应不能地怀疑地漫长地看着我，是因为我之后都没有再探望过他们吗？"我被自己的想法吓了一跳，转头看向严岩，"我10年来都没有过来看过叔叔阿姨？"

"没有那么夸张。"严岩摇了摇头，深吸了一口气，好像犹豫的东西少了一些，变得轻松了一点儿，"是来得少了，但那是因为我们都成年了，生活变得复杂和忙碌了，这没什么好奇怪的。再说，爸妈知道你是什么样的人，你在他们眼里就是万变也不离其宗。"

"为什么你这个描述方法特别别扭……"

"也不是没有改变的机会。"严岩没理我，继续说，"但爸妈就是这样，多少有点儿职业病吧，看过太多生死，有时候发自内心地希望不要发生变化，至少安心，不用花费精力去折腾。"他顿了顿，"所以就把那个机会丢给了我，于是我得自己付首付、装修，还要还贷款。"

小严医生一副太过折腾，无法获得安心的表情。

"被赶出来了吗？"我同情地看着他，这种细节也是第一次听说，想了想严妈在饭桌上轻微的埋怨，我问严岩，"所以小严医生，你为什么还没结婚？"

不，没结婚倒也罢了，连女朋友也没有一个，明明有房有车工作体面，长相说是一表人才好像也没有什么大错，不结婚是要拉仇恨吗？

"我才28岁，男人那么早结婚做什么。"他轻描淡写地说。

"我怎么觉得你这句话说得好像有点儿性别歧视，而且听着很耳熟，好像是刚才用来敷衍阿姨的。"我琢磨了一下，"所以没点儿什么悲情史？"

严岩脸上闪过一丝复杂的表情，我还以为他打算倾诉点儿什么出来了，他却只是摆出那种无奈的表情看着我，在严妈埋怨他的时候他脸上露出的那种无奈的表情。

"没有。"他最终说。

"真的？"骗子，我故意装出失望的样子，"好可惜，还以为你有机会能够成为我的悲情小伙伴。"

他像是愣了一下，然后却笑了起来，还是那种无奈的样子，声音浅浅低低的，在胸腔中产生某种共鸣。我莫名地看着他，不知道哪里戳中他的笑点。我感到困惑和不解，想这几天发生的事，想他告诉我的事，当我抬头看他的时候，视线已经不再是熟悉的角度。他的身高变高了，肩膀变宽了，连声音也变得如此温和而低沉。他也会无奈，也会烦闷，也会皱了眉头露出忧虑的表情。但是不再会大声笑、动不动就和我斗嘴，然后不轻不重地在我的脑袋上敲一下。这个世界那么陌生，他就像是我唯一可以依赖的人一样，被我紧紧抓着不放，而他已经这么不一样了，我抓着的到底是名字、身份，还是早就已经错位了的被远远抛在后面的那些共同的记忆？或许严岩才应该是这个世界里我最陌生的那个人，因为太过熟悉，所以更加无法忽略。

我感到一阵迟来的因坠入一个全然陌生的世界而产生的恐慌，我觉得心跳很快，额头上那道从来没有感觉过痛的伤口突然开始疼痛起来，像是脚踝上那种被反复研磨的钝痛。我想忍耐着等这一阵过去，严医生却对人类的不适简直有着职业病一样的敏感，他停下脚步问我是不是哪里不舒服。

"没，"我摇了摇头，多少有点儿嫌弃自己，只好避重就轻，"可能白天走了太多路，稍微有点儿累。"

"你需要休息。"他说，"各种意义上的。我们回去吧，你早点儿回家。"

"都走到这里了，我是真的想看一看的。"我指着不远处，出门时说好走到公园中心的那个标志性建筑，绕上一圈，然后就折返，再由严岩开车把我送回家。

　　我看着周围，从刚才开始就觉得疑惑："你有注意到吗，这个公园好像有点儿太过安静了。人都到哪里去了？"

　　除了一个抄近路的大叔就没撞见别人，这个时间正是散步的点儿，平时我要敢这么大方地走在路中间，早就被奔驰而来的熊孩子和被熊孩子追着跑的狗狗撞倒在路边上了，哪有这种氛围让人抒发这种忧伤的小情怀。

　　"因为和商业街连在一起了。"严岩似乎接受了我的说法，接过话题，"以前大家都喜欢晚饭后来公园散散步，现在有了商场和超市，都去那边逛街边散步去了。"

　　"全部？就没有那种愤世嫉俗的不愿意改变生活模式的恋旧的人吗？在人家家里逛街……城市果然是在发展啊……"我敷衍地感慨，意义不明。

　　严岩只是轻笑了一下，我们继续往目的地走。

　　公园的标志是一座石雕的日晷，个头儿很大，是去年秋天的时候被摆放在这里的，或者说，10 年前的去年秋天，之后无名小公园就变成了时间广场。其实并没有广场，大概也只是叫起来好听，就竖了个名牌在外面。安放日晷那天因为白天学校要上课，日期也前不沾休后不沾假，没有看到安放的过程，觉得颇为遗憾，只能周六跑来围观。我一直对用日光和投影来指示时间的景象感到非常好奇，却赶上了阴天，只看到一个始终清白的盘面和上面十二时辰祥云龙样的繁复雕花。

　　大约石料还算不错，或者加上路灯昏黄的模糊作用，日晷在 10 年的雨打风吹中也只是变得陈旧了一些，那些精细的刻花稍微模糊了痕迹，晷针作为唯一的金属变得有些锈迹斑斑，锈水流淌下来，在午时的地方留下永久的指示，时间就好像停留在了那一刻。

我盯着那道痕迹看了一会儿，寻找这里面可能的跟时间有关的寓意，毕竟这是我想看它的原因，虽然我的时态还是各种混乱，但已经不会再为明明是昨天却是10年之前这样的事情感到难以接受了，只是想到在计量时间的仪器上看到时间流逝的痕迹，总有些畏惧的感觉，难以平复。

我们绕着日晷转了一圈，准备如约折返，却感到有水滴撞击在我的额头。我反应了一下，再抬头的时候另一滴直接砸瞎我的眼睛，那一瞬间简直什么感情都平复了。我无比痛心，今天一天之内被自然的力量伤害两次，大宇宙是真的恨我。

严岩似乎也有所察觉，他伸出手，半仰了头，微微露出有些困惑的表情。雨滴在路灯的灯光里破碎成细小的微光，落在他的脸上，划出一些若有若无的痕迹。

他转过头看我，苦恼地笑了一下："下雨了。"

他的样子突然就和我记忆中的少年重叠起来，那天也是这样的夜晚，也是站在路灯的光晕里。他看起来又伤心又有些不知所措，于是就只是那么站着，直到雨滴滴落在他的脸上。他伸出手，半仰了头露出苦恼的表情。

我有些晃神，觉得眼前的世界好像旋转起来。我在反应过来的时候就已经紧张得抓住了严岩的胳膊。我看不到自己脸上的表情，但想必不会轻松到哪里。严岩像是被我吓了一跳，他扶住我，用拇指的指尖抵住我的额角，轻轻地揉着，一脸关切地看着我。

"你脸色很差，我们真的需要回去了。"

"那……那边的商场……"我回过神，那种眩晕的感觉退去，只觉得眼皮直跳，急忙松了他的胳膊，为自己的失态感到尴尬。我指着不远处的步行街："我没事，只是不喜欢雨点打在身上的感觉。你介意陪我去那边买把伞吗，走回去的路有点儿远，我怕雨下大。"

雨势始终保持着它不慌不忙的节奏，像是嘲笑一样，完全没有变大的意思，但严岩还是点了点头，陪我朝那个方向走过去。我咬着指甲，感到脸上忍耐不住地发烫，额角被严岩碰过的地方一跳一跳的疼。我谨慎地和他保持一个相近却又不会碰到的距离，为这种不是我风格的氛围而感到焦躁。

"你这个骗子。"我说。

"嗯？"他似乎没有反应过来，奇怪地看着我。

"你说我精心布置了那个家，结果装饰用的相框里放着的都还是自带的广告画。"大概是装修公司放在那里的，还挺粗糙的。

"原来是这样……"他只是轻轻皱着眉头露出个无奈的微笑，然后就不再说话了。

"我觉得好不公平。"我不甘心地道，"你对我的生活知道得那么多……至少相对很多，我对你这10年却一无所知。"

"我？"他愣了一下，随即想了想，"我的生活没有什么特别的，就只是家里、医学院，然后是医院，该学的东西好像总也学不完，在我决定走这条路的时候爸妈就跟我谈过，很辛苦，而且会一直这么枯燥。"

"可是你很喜欢。"果然是拉仇恨来的，自认识严岩开始就觉得每个人和每个人的人生真的很奇怪，严爸严妈从来没有说过让严岩从医，甚至因为学医很辛苦希望他能谨慎考虑，但严岩从小就是那种拿着一块儿骨骼模型可以自己玩一整天的类型，目标坚定、道路笔直，向来是我爸口中"别人家的孩子"。而"打断腿也拉不上所谓正道的我"的爸，又是一门心思希望我能继承他的事业，而且看后续这个发展，好像还是真是打断腿拉上的道。我不禁发散了一下思维，问严岩："我需要担心吗？我喜欢画画是真的因为喜欢，还是因为青春的叛逆，而我就是这么幼稚？"

他没有回答我，好像走神一样望着前方，不知道在想什么。我没有追问他，猜这应该是一个只能我自己搞清楚的问题。

雨伞并不难找，在超市的一楼有一家颇大的家居用品商店，似乎只要跟家居有关的就什么都卖，从床上用品到厨卫用品，从大件摆设到零碎装饰，从糙汉子使的到软妹子用的，几乎都有卖。我在入口处看小册子上印着的简介，才知道原来设计师是本地人，年纪轻轻就在国际上获过奖，回来以后创建了自己的品牌，和几个同为设计师的朋友开了这家店，只做家居设计，风格简单，专注细节和实用性，很是让人惊艳，只不过才刚起步，虽然小有名气却尚无分店，只有这家总店满金额全市区送货，好像满金额全国都给送，跟网上购物有关系，要不是已经拜托张阿姨让她教我这门技能，我真的想现在就把窗帘、床单、被罩这一商店的东西都带回去。

小册子上还印了电话和网址，于是我就默默地收了，反正张阿姨说网上什么都能买到。

既然说到张阿姨的技能，这里必须插播一句，就是那位回到现在居住的地方时不知道该用灵魂称呼为大妈还是用肉体称呼为阿姨的妇女，虽然第一次见面因为无法合理地打招呼没有给彼此留下良好的印象，但当天共进晚餐之后，就意外地发现阿姨其实是一个很普通的中年妇女，既善良又热心，只是被这个家的整体氛围影响了形象而已，而当我和阿姨达成共识，一致认为这个家装风格不但影响发育而且实在难以清扫后，阿姨立刻给我讲解了网上购物的便利性并且自告奋勇地打算在下一个工作日把这项现代人不可或缺的技能传授给我。

以及，跟我的灵魂和肉体都没有关系的是，阿姨它不仅仅是个称呼也是个职业。

我挑了一把晴雨两用斜条纹长柄小清新，感觉自己萌萌哒。严岩坚持由他付钱，我也就没跟他客气，正考虑要不要不动声色地再挑点儿什么，就被放置在收银台和出口之间的一套餐具吸引了视线，放得真是恰到好处。我取下来一只杯子，想要寻求严岩的意见。他站在我的身后，从刚才开始就好像被什么吸引了注意力，一直在四处张望，现在又像是定住了一样，一动不动。我感到疑惑，顺着他的目光看过去，然后就这么隔了整整两排的杯具，在对面的货架前意外地看到了猫粮。

真是人生何处不相逢。

他也不是一个人，和他在一起的是一位长发披肩、身材苗条、体态优雅的姐姐。她侧身站着，刚好背对着我和严岩的方向，只能看见一个背影和她手里拿着的两块风格完全背驰的桌布，似乎很难选择的样子。猫粮低了眼睑看她，神情还是他独有的淡淡的，只是松了眉眼，就是那种我见过的放松下来的样子，有着奇妙的安定感。他的嘴唇偶尔开合，大约是在给出建议，但想必是没有任何用处，对面的人又偏头看向货架，看来选择的范围也并非手上的二择其一。猫粮却并不介意，只是耐心地等着，然后像是感受到来自这边的注视一样，本能地抬头看了过来。

然后四目相对，他露出微微惊讶的表情。

我多少有些抱歉，本来对面的氛围看起来似乎很和谐的样子，我也无意打扰，只是不注意多看了一会儿，既然被发现了又不好意思假装没看见，只好伸出只手，隔空划了一下算作招呼。他却连个礼尚往来的眼神也没有回应给我，只是紧紧地压了眉头，把目光移到我身后的严岩身上，我也就不自觉地跟着回头，严岩正在用差不多同样的表情回看着他。

气氛就有些莫名的诡异。

那位姐姐似乎在和猫粮说话，却没有得到预期的回应，于是抬头去看，好像察觉到哪里有些不对一样，也顺着目光看过来。她转过来的脸在我的视线中恰巧被一只白瓷的广口花瓶挡住，只看得到一双带着探究光芒的明亮的眼睛，眼睛的形状非常漂亮，让人忍不住想要画下来。我不禁移动了一下站立的位置，试图去看清楚这双眼睛的主人该是怎样的脸孔，却被严岩一把抓住。

我站立不稳，撞到了他的怀里，正想询问他到底发生了什么事，却听见他在我耳边轻声说："别看。"

我想说明明是你一直在盯着看我才看到的，但是来自心脏的剧烈纠结却让我喘不过气来，那种眩晕的感觉又回来了，额头上的伤疤又开始隐隐作痛。

我竟然说不出来这是因为紧张还是因为难过。

第五章

你 是 在 暗 示 想 要 履 行
一 下 夫 妻 的 职 责 吗

still
a
minor

at
28

　　猫粮同志回到家的时候我正背靠着沙发坐在地板上，一边看电视，一边啃着严爸亲手腌制的泡椒凤爪。

　　听到开门的动静，我只是反射性地看了一眼玄关的方向，在眼神和猫粮对上的时候右手刚好一抛，刚刚惨遭蹂躏的鸡爪子在空中划着弧线劈了个小叉，准确地落入垃圾桶内。

　　猫粮的视线也就顺着走了这么一个过程，最后回到我身上。

　　"看也没用，不会给你吃的。"我舔着手指，虽然上一章结束得很娇弱，但头晕过那么一阵后也确实没什么大碍，唯一可惜的是这么难得的机会居然也没有发生什么记忆闪回的桥段，当然也没有穿越回去，就是纯晕，很是浪费。不过严岩还是坚持给我做了一些简单的测试和检查，结果自然一切正常，另外虽然两者之间没什么太大关系，但我还是想说，他真的连车上都放着个急救箱……等我被严岩开车送回到这里的时候，已经完全没事了。我觉得恢复得那么快，主要应该归功于我，嗯……善于及时补充能量。

　　郑先生没有说话，只是一边松着领带，一边走进来，脱了西装外套随手扔在沙发上，之后便消失在一楼的浴室里。

　　我在收回目光的顺道上看了一眼墙上的挂钟，11点差5分，然后继续坐在地板上，背靠着沙发看电视，并且十分珍惜地啃着鸡爪。

20分钟后热腾腾香喷喷的猫粮从浴室出来了，我再次移动了一下目光。他穿着白色的浴衣，手里拿着一条毛巾，正漫不经心地擦着头发。

嗯，浴衣的带子系得也很漫不经心，露出锁骨和大片胸口。我的视线从他光洁的下巴沿着修长的脖子向下滑去，然后……然后就被挡住了。

我只好从上看到下，惋惜地跳过中间。

"你在看什么？"他问得99分怀疑。

"你露出来的部分。"所以我也就答得一等一的诚实。

"……"他擦头发的手停了停，好像有点儿无语地看着我。

"对一个30多岁的大叔而言，你的身材真的很不错，嗯，确切点儿说，还蛮性感的。"我点评，机会难得自然不多客气，看仔细了才觉得，大叔穿衣显瘦脱衣有肉，只是没想到肌肉的线条会格外耐看，我多少心生了些好奇，猜测地问他，"你是有做什么运动吗？"

"拳击。"他继续擦着头发，声音平直。

"哈哈！"我失笑，"难怪我在地下室里看到个沙包，总觉得和你的人设有点儿不符啊。"

郑先生面相如此一本正经、严肃认真，明明应该是斯文败类、衣冠禽兽、变态杀人狂那一卦的嘛。

"我也有心情不好的时候。"变态杀人狂无动于衷地看过来，看着我，补了一句，"经常。"

所以升官发财死老婆人身安全到底有没有保障啊，干吗特意看着我说……

"嗯，这么一想倒是合理了不少呢。"我目睹他走进厨房，从冰箱旁边的柜子里拿出一瓶矿泉水仰头喝。厨房是开放式的，只是沙发位置有些靠后，我就这么尾随着他的身影蠕动了一下，倾身去看，第一次见面的时候看背影就觉得他的身体协调性很好，走路的姿势非常好看，看来果然是因为练过的缘故，有一种严格的自律感。然而此时他刚洗完澡，散漫地穿着浴衣，浑身透着湿气，头发胡乱翘着，虽然仍是副一本正经的样子，整个人却莫名显得年轻了不少。

我看看他，又低头看看腿边的可乐和鸡爪，默默地，默默地掀开T恤，戳了戳肚子，感觉好像有点儿软软的。要说穿越10年，老了10岁这件事上如果有什么还可以安慰到我的话，大约就是这个保养不错的身体了，从皮肤到线条，看着比青春期的我不知道节制多少，估计还是钱包里那些美容美体健身卡的效用。

但是这身体再被我支配下去就有点儿难说了……

我有点儿忧伤地放下衣服盖住小肚子，一抬头就看见郑先生，正举着瓶水站在开放式厨房迈向客厅那晦涩不清的分界线上。郑先生脸色也挺晦涩不清的，看着我一副吐不出槽来的样子。

我考虑了一下后说道："我一直很想学射箭。"我左手伸直，右手抻出个拉弓的造型，"你知道，一直趴在桌子上画画，每当反应过来的时候就已经保持着一个姿势好几个小时了，我总觉得这样下去必定会变成四体不勤三椎突出的案例，比如说我老爸那种，一把年纪又开始冤枉是我小时候骑他脖子的错……所以射箭就很好，又能拉伸肌肉，又能提高意志力和专注度，最棒的是它还是远程杀伤性武器。你穿内裤了吗？"

郑先生明明只是站在那里，却好像被我的问题远程杀伤到了，身体有些失衡，但最终还是稳定了下来，只是表情越发晦涩。

"其实我从刚才就在考虑这个问题了。"我也不是故意要寻求上下文这么大的反差的，但这个问题一旦出现在脑子里，理智就有点儿拦不住，"你浴衣的带子明明系得那么松，又走来走去的，却始终连什么内裤的边啊内裤的边啊内裤的边啊之类的都没有露出来，实在是发人深省。"

郑先生视线长时间向下，无声地鄙视着我。

"是'发人深省'，不要乱用成语。"郑先生的适应能力真是突破天际，"你要看吗？"

"可以吗？"我有点儿高兴，从地板上爬起来，正坐以待。

他就那么晦涩地看着我，等了一会儿，还真的拉开了浴衣的带子。

我目瞪口呆。

"可以。"大约是我的反应取悦到他了，他少许回温，略带兴致地开口。

"我知道这个牌子的内裤，你果然是个闷骚。"我陈述，虽然之前就隐隐觉得郑先生有点儿闷骚男的痕迹，但现在……坐实的感觉果然还是具有冲击力的。

他好像放弃了，重新系好浴衣的带子……系得非常仔细，大约从此以后系浴衣带子的风格都变了。我一边在脑内帮他旁白着，一边看他走过来，在我旁边的沙发上坐下。

喝水。

"为表示公平起见。"我看着他，想了想，说，"我穿内衣了。"

我还是青春期少女，内心还很羞涩，无法在一个陌生的地方那么空旷地溜达。

"T恤和睡裤是下午买的。"我默默地看他一会儿，继续说，"顺便说我真的很喜欢那个洗衣机，一键式操作。我洗澡前丢进去的衣服洗完澡时已经连清洗带烘干恨不得折叠好了给我送上来。"

他终于咳完了，双眼潮红，眉心紧压，观赏性突然就往上提升了好几个等级。

并不知道自己被提升了观赏性的郑先生把瓶盖扭紧，放在桌子上，有一段时间没有说话。

场面略显阴郁。

我也就不再出声，继续盯着电视看。

本以为他过来聊两句也就是睡前打个招呼意思意思，然后就各回各房各抒各情了，但没有，他就那么坐在沙发上，盯着电视看了一会儿。屏幕上两位漫画动画化的主角正相爱相杀万年不死，在他回来之前我就在吐槽这部漫画因为进度太慢赶不上播出时间于是加入了太多原创情节以至于我一度放弃的动画原来有生之年还能看到它完结……真是没想到原来猫粮叔也好这口……

"你不打算问吗？"他突然说。

"嗯？"我已经在地板上重新找好懒散的姿势，拿沙发当靠背，倚舒服了一边吐槽我10年份的动画，一边乱散神，因为神散得太开，一时没听明白。

我偏头，视线却还黏在电视屏幕上："问什么？"

"今天的事。"

我继续盯着电视看，情节发展正是紧要之处，我只好用残存的注意力进行了一个漫长的回顾，觉得今天好像还发生挺多事的。比如世界尽头一般的大楼厅堂，比如偷偷八卦的公司员工，比如办公桌上的那两大堆，再比如时光飞逝物是人非我家都被城市发展给铲没了……真是有太多地方需要倾诉了……不过也不至于装傻到这种程度，我连眼皮都没有移动，两根手指戳到他面前，画着波浪线比了一个Love&Peace的手势。

"别看我长成这样……"我散着声音说，"高中住校三年，室友法则第一条'闲事莫问'，我还是懂的。"

"室友？"他愣了一下。

"我们算是室友吧，反正我是无处可去只能住在这里的了。"我想了想，觉得这个事情可要说清楚了，"我看过了，房产证上是两人的名字，你不能乘人之危赶我走。"

说实话，神离到这种程度的两个人搞得如此貌合也真是槽点多到无处下嘴。

"不！"他露出若有所思的表情，沉声说，"我只是没想到你是这样定义的。"

"没办法，人类知识的巅峰——"我摊手，"就是这么机智。"

"很精准。"他表示同意。

"没有任何倾向性，从字面上来说还是蛮适用的嘛。"我心不在焉地表示，所幸这部动画10年了还是这个套路，否则看电视的时候耳朵边上总有个声音绝没可能保持这么大的耐心。

我重新分配了一下注意力："只是没想到你会问出这样的问题，所以这是在寻求室友的关心吗？真看不出来你是这样的类型……我已经快要不知道你的原始设定是什么了啊，猫粮君。"

"以你今天下午的表现来看，我也看不出来你会有任何不想八卦的倾向。"大概因为是私下的关系，他不再纠正猫粮的部分，情绪稳定地说。

"你是指八卦一下调笑调笑的部分吗？"这倒是很容易理解，但要说等在这里讽刺我，表情又太过认真了，"这个事情我知道啊，只是不知道是谁而已，所以胡乱指点才有娱乐性嘛。现在人都见到了，也没什么特别有意思的了。"

虽然没见到全脸……但多少还是能想象得出来是个非常漂亮的姐姐。当然这么漂亮有机会能见一见全景还是要见一见的，不过对我来说能称得上好奇的也就只有这个部分了吧，其他的好像也没什么特别想知道的，就算问出人家上下五千年来也不过是青春少女的八卦之心，那是闲来无事的作为，现在我自己的事都消化不过来，紧要度还不如10年补番来得高。

"你知道？"相对于我，郑先生这边反应就大多了，他先是意外，随后脸色变得很难看，"你怎么知道的？"

这种问法，没有否认呢……我抓抓脸，不过他好像也没什么特别需要否认的必要，我自然更是没什么好隐瞒的。

"如果你问的是现在这个我，是严岩告诉我的。"我指了指自己，除了时态混乱外，穿越的另一个后果大约就是身份认知障碍，简直成条件反射了，要判定一下。

"那个医生。"他终于对小严医生有了基本的概念了，只是脸色显得更加难看了。

"如果你还想知道的话，严岩说是28岁的那个我告诉他的。"这问题回答起来还真的有点儿穿越效果，我品了品说，"至于那个我是怎么知道的我就无从得知了，不过看你这么大方的样子，估计不想知道的难度还比较大一点儿。"

他皱起眉，一副怒意丛生的样子，好像要脱口而出些什么，却最终只是别过脸，一言不发。

我看着他的侧脸，简直都隐隐看出来点儿憋屈的轮廓了，也不知道具体在憋屈什么，不过这种事总的来说还是很显渣的，大概是有损形象，面子上挂不住。我忍不住心生了些不必要的同情，考虑到他好歹也是被强抢了的民男，以及从我的角度上来讲，毕竟有点儿思想感情跟不上肉体身份，我决定还是稍微安慰一下他。

"你也别太泄气。"我说，"其实这个事情吧，它还是很正常的，如果没这回事反倒是比较不合逻辑……"

"正常？"他连姿势都没有变，只是眼珠动了动，目光冰冷地滑到我身上……能掌握这种高难度动作怎么可能不是变态杀人狂那一卦的？我略略挪了下屁股，挪得离他远了一些，杀气这种东西武侠小说真是诚不欺我。

我突然想到另外一件事。

"我有想问的问题了。"我举手，免得他再一次被远程杀伤，我提前进行铺垫。

他面色阴暗地看着我，大约知道问出来的肯定不是他想过来撩拨的问题，于是一副突然就想向我倾诉的样子。

我立刻判定他不需要被搭理。

"你看，据说我们结婚三年了。"我伸出三个手指头比画了一下，他点头没有异议，我继续说，"你有你的房间，我有我的房间……对了，这里我要稍微补充一下，请不要担心，你的房间我没有进去，虽然整个屋子我都探索过了，不过张阿姨说那个房间是你的，我就连门把手也没有摸。"Love&Peace，我晃晃手指，点了点一楼那间小卧室，这保姆……不，这长工一般的待遇真是下不了口，"……所以分房倒是很说明我们目前的感情状态。"

"你想说什么？"他对我东拉西扯的铺垫方式深表怀疑。

"我们做过没有？"我弹出一根手指。

"做什么？"他一时没有反应过来，脱口而出，说完了才想明白，嫌弃地拧了一下眉毛，"你说话还真是直接。"

"那不然要怎么说，周公之礼？夫妻之实？或者用全球通用的'那个'来指代。话说这么直接你都还要反应一下，你还真没资格说我。"我回以他同等程度的嫌弃和扭曲的眉毛，"按照道理来讲，问这个问题是有点儿奇怪……但就是因为这段婚姻太奇怪了，所以才要问。"

他直直地看着我，还是开口了："没有。"

我噗了一声，然后移动了一下目光，发出了个"哦"的上升音，最后把视线放到猫粮脸上的时候九转十八弯地把"嗯"的否定方式进行完毕。

就好像是准备好的。

事实上就是准备好的。在第一次想到分房的情况时已然排练过，有知识巅峰的加持真是什么灵光都能闪得上来。不过虽然这个想法一出现的时候就已经深信不疑了，但我还是忍不住将站在猫粮君房间门口听张阿姨唠叨时产生的全套反应进行了完整还原。

"我们默契不够，你这个反应我需要翻译一下。"他平淡地说，眼睛里写满了"反正没什么好事"这句话。

"听到这个答案的时候我第一个反应就是你是怎么解决自己那方面的需求，于是'噗'了一下，然后眼光自然就飘到你的手上，不自觉地那个'哦'字就挑了上去……但是又看到你的脸就觉得'还行啊，行情应该很好嘛，不至于沦落至此'，于是百转千回一个'嗯'字否定掉了。"我不但翻译了，还翻译得声色并茂，信、达、雅。

没有我期待中的喷血和挂黑线，他就只是这么面无表情地看着我……看了很长时间。

看得我头发都竖起来了。

"你知道得还挺多。"他开口，声音平淡，"17岁？"

"10岁16禁12岁18禁15岁20禁17岁百无禁忌。"我内心忍不住赞叹，这真是求着别人问都问不出来的好问题。

"所以外遇是正常的。"他不知道在哪里通了经脉，语调越发走内力了，"我想我明白你的意思了。"

我涌上一股马上就要被请家长的惊悚感，连屁股下的垫子都紧张得抬着我往远处挪了挪。

"我又有个问题了。"我试图缓解这种不健康的错觉，提醒自己爹妈所在之地和这里远到都生出日夜颠倒的时差了。

"我后悔提这个了。"他闭上眼，疲累地揉了揉眉骨，看得出来是真心后悔了。

"所以……"我业务熟练地把他那点儿小情绪忽略掉，"我已经完全不知道你们这些死大人究竟是在玩什么桥段了，明明那么努力地欺男……"感觉有点儿不好形容，我只好伸出手，比画了一袋猫粮的形状，"……霸你了，为什么碰都不碰，放在家里观赏用吗？你倒还是蛮有观赏价值的，来，给爷脱一个……哦，你已经脱过了，哈哈。"

我停下，抱着屁股下面的垫子就开始往后蹭。他只是眯着眼倾了倾身，我却好像被黑云盖顶了，整个房子连灯光都昏暗了。我战战兢兢地缩着看他，对自己说出来的话丝毫没有悔过之心。

"你是在暗示想要履行一下夫妻的职责吗？"他眼神变得深邃，声音低沉，浑身散发着属于成年人的危险气息。我心思一紧，鸡皮疙瘩就顺着背泛滥起来，浑身的汗毛都竖起来了。

"果……果然物有所值……我……我……我懂了……"我的声音难以控制地结结巴巴，"我……我就随便YY一下。你看我现年17，高中刚毕业，相信大叔你是正直善良守法的好公民，不会对这么稚嫩的小花朵下手的。"

"17岁百无禁忌？"他微微偏头，嘴角很故意地滑出一个危险的弧度，整个气氛都不对了。

果然人身安全没有保障！

"第一次看你笑得这么开就不能笑点儿正常的事吗？再说你学得也太快了吧。"我蹭出个甩尾改变方向，刚刚才发现科技10年发展，电视机已经可以直接连网络在线播放了，而且网上啥都有，10年浩瀚啊，电视儿童的福音，决定死也要和电视机死在一块儿。

"我不想死。"我抱着电视机决绝地说，"而且我又有个问题想问了。"

他终于笑出声来，虽然只是短短的一声，却足以将那些灵异的黑云散了开去。

"你说得对。"黑云消散转晴后的郑先生维持着嘴角那个奇妙的弧度开口，"我对你确实了解不多。"

这倒让我有点儿意外。

"你在意我说的这句话吗？"我怀疑地问他，"我以为你知道，虽然不是什么随口说说的话，但我当时确实只是在尝试着噎住你而已。所以问题是，阁楼为什么锁着？"

我说有问题想问是真的有问题。

"……"他停顿了一下，"我不知道，从来没有上过二楼。"

"……哦，所以，我猜我大概也没下过二楼……"我感到有点儿难过，"我没有电视看吗？"

"你的日程很满。"他稍微曲解了一下我的问题，"我不知道你是否有私人时间。"

"应该有。"我理性分析，没有放弃自我挽救，"毕竟我还是有看到美容健身卡的，而且看这个身体的状态，确实是实打实努力出来的成果。"

我收起软塌塌的小肚子，倍儿骄傲地挺胸抬头。

他果然又是一副吐不出槽来的样子，抚着额，好像终于被我的插科打诨击败，颇有些无奈，但笑意却更盛了。当他眉眼间的冰冷褪去，整个人变得温和了许多，我却有种莫名的难以言喻的感觉，觉得他这个样子，比起冷漠疏离来反倒更加难以理解许多。

"你们认识很久了，那个医生？"他轻轻地偏了头，示意我坐回来。

"发小。"我也就产生了一种可以和平对话的错觉，抱着垫子又爬回原地，背靠着沙发，甚至都没有衍生情节以憋死他。

等等，这种要长谈的气氛是怎么回事？

"嗯！"他点了点头，也不知道在哪里就同意了一下，表情看起来倒并不意外，"他还告诉你什么了？"

　　我怀疑地看着他，一时有些不解为什么他要这么问，但转念一想就明白了，我"诶嘿嘿嘿"地动用全副面部表情挤出来一个猥琐的笑容。

　　"想知道别人在背后怎么谈论你吗，那你要失望了。跟你相关的部分就只是欺男霸女和外遇，还是我擅自洒了点儿狗血才凑出这么多字数的。"我用一种故意的语气强调，"看，其实你一点儿也不重要。"

　　"不！"他对我的表达方式已经完全不好好响应了，只是平静地继续，"关于你的事。"

　　"我的事？"我愣了一下，有点儿意外，但仔细想想，又觉得有点儿嫌弃，"还在纠结这个吗，大叔，你微妙得有些小心眼儿呢……"

　　他没有反驳，只是沉默了片刻，才开口，语气是一如既往的正经，却总觉得哪里有些不太一样。

　　"其实我很早之前就听说过你。"他说，"在见到你之前，你在这个圈子里很有名。你很聪明，又很能吃苦，从上大学的时候开始就在你父亲的公司里实习，从最底层的工作做起，不上课的时候每天工作16到20个小时。我听说你睡在办公室里。"

　　"呃……"不明白他为什么突然开这样一个头，让我非常难以回应，但难得从严岩以外的人那里听到有关自己的这么私人化的事，又觉得应该继续听下去，只能干巴巴地拖了个音，"嗯……好像我也是这么听说的呢……"

　　"那个时候我还在留学……"他没理我，只是用一种轻缓的声音顾自继续下去，"并不直接参与公司的事务，和你更是没有什么接触，只是偶尔聊起来的时候会听人谈起你，无非是突然出现，年轻得不像话，却又雷霆手段，很难对付，工作上几乎毫无破绽，但是我想对于一个睡在办公室里的人来说，这并不是什么值得惊讶的事。"他顿了顿才说，"但也仅此而已。我一直认为你就是那种人，家庭环境下的产物，不过是选择继承了家族事业而已。喜欢也好，适应也罢，只是下定决心遵照着这样的方式生活着……但你，其实和我认为的完全不一样。"

"这是脑损伤。"我声音平板，不知该如何应对，只能干巴巴地论述，"车祸常见病。"

他眯了眼睛，看了我一刻，脸上的某种神情让我从胃底涌上一股心惊胆战的感觉。

"我想起第一次见到你，是在你父亲举办的一个例行聚会上。"他用那种让我心惊胆战的神情继续说了下去，我却完全找不到思路，倍感警惕地听着，"那时我回来度假，母亲向来不喜欢这一类场合，便由我跟着父亲出席。所谓的聚会，也不过是有着各种关系的人聚在一起，互相认识而已。时间久了就有些无聊，我便找了个不引人注意的机会出来透气。我还记得那时你家是个三层的独栋，周围种了很多花，还有一棵树。我看见你从围栏翻进来，背着书包和画板，看都没有看我一眼，就直接爬上树翻过了二楼的阳台。"

"这不可能！"我打断他，虽然我家确实是个三层独栋，也确实种了很多花还有一棵直达二楼的树，但爬树这部分是断断然不能够发生的，我摇头，表情坚定，"我上回爬那棵树的时候还是猴子呢，我妈直接把我打成的人形，没爬过树，绝对不能爬的。"

"身手敏捷，动作熟练。"

"……这事我们先不讨论。"

"那时你在哭。"他说，我愣了一下，完全说不出话来，却看到他的唇角牵出的弧度有些好笑的意味，"你边哭边爬树，还威胁我不许告诉任何人看见过你，而且……"他刻意顿了一下，"遣词用句非常……别致。"

听着还真像我。

"再见你时我已经毕业回国了。"我哑口无言的样子似乎让他心情更好了，"因为工作上的往来再次见到你，你也已经是现在……"犹豫了一下，还是硬生生改了时间用词，"车祸之前的样子了。我不认为你满眼是泪会记得我是谁，事实上也确实如此。只是……"他收了笑意，脸上却有一种几近温情的东西，"我不知道那天发生了什么，但在那之前，我从来没见过一个人会哭得那么伤心。"

"而我也从来没听过一个故事会讲得那么扯淡。"我呆着脸回看他，"这位大叔，你想干吗，这是要写言情小说的节奏吗？虽然我有一定的可能性会在未来的什么时候翻过一个阳台……但说真的，你要想当朱丽叶我其实不是很懂罗密欧……"

"我再没想起过这件事。"朱丽叶完全不为我的吐槽所动，只是目光变得越发深沉，"如果有，或许就不会感到那么难以置信了。"

"为什么？"我脱口问道，再后悔也已经来不及了，只能转成自嘲的语气补上一刀，"我是说，这种少女漫画用滥了的初遇怎么会想不起来，要是我，可是每天都要玩味地笑一次呢。"

他倒是真的笑了起来。

"定义一个人是将其物化的过程。"他笑着说，"一旦定义了那个人是什么样，那个人在你眼里就是什么样了，对其余的事情就可以视而不见。这是一个轻松的解决方式，不会再因为其他的任何事而动摇。"

我这回倒是实实在在地感到莫名其妙了。

"你刚刚说了一个貌似有点儿道理的句子。"我点点头，内心感到非常无辜，"但说实话，我还是没明白你到底想表达什么？"

这是在暗示自己动摇过？莫非是对那位28岁的凉夏产生了什么不该有的心理活动？我深深地看着他，脑子里尽是些类型小说的惯有桥段，少女的狗血真是一盆一盆往外端。

"我不了解你，只是因为我不想了解你。"

没想到对方居然能如此诚实地击出直球，而且似乎也和少女的狗血一毛钱关系没有。我反倒有些吐槽不能，只好缓慢地伸出拇指，给他点了个赞。

突然发现这两天自己刷着网络追赶时髦值好像是有点儿追偏掉了的样子。

"好吧，确实是个轻松的解决方案。恭喜你初心不变。"我不动声色地收回大拇指，在衣服上擦了擦，"既然如此你又何必问什么关于我的事。"

"或许是因为我觉得对你有失公平。"他把手肘撑在腿上，倾身过来，看着我有些若有所思地说。

"公平？"没想到接下来的是这么一句，我愣了愣，怒意涌上，立马翻脸，"所以你是在瞧不起我吗？"

他微微眯了眼，露出不解的表情。

"你是想说以前不了解我是因为不想了解我，对我有失公平，所以现在打算施舍我个了解我的机会做补偿吗？看来还真是哭着喊着地求过啊，不然你该有多自以为是，才能说出这样的话来。"一旦有了哭着喊着求过的念头，画面感简直是呼之欲出，我心中充满嫌弃，极力往跟自己无关的方向退，"原以为只有长大了回头看会看到黑历史，原来黑未来才更是瞎。"我只剩下自嘲一条路了，觉得嫌弃充得太满，我内心都有点儿崩溃了，"所以这到底是个什么形象啊，一会儿高大上，一会儿冷酷无情，一会儿还哭着喊着的……我都有点儿懂你的意思了，这心路历程复杂得连我都想了解一下了。"

"并没有！"他说，"除了公事，我们几乎不说话。"

然后就没有然后了，也不解释一下为什么，不过看他的样子，大概心路历程也挺复杂的。我的话就像一拳打在钢板上，简直无知无觉。我连火都发不起来了，只能默默无语，槽多无口。

"所以啊，都说了要往灵魂深处看。"补全情节只能靠自己了，我一伸手，指点江山，"一走心你就会发现，你的公平不公平也跟我没什么关系了。我不过是好奇之心人皆有之罢了，毕竟现在的我还是个身世单纯、成长环境健康、清清爽爽的少女。"虽然这个排比句里涉及的东西早就在蒙着被子打电筒看漫画百无禁忌的时候被捂死了，但该有的东西装也要装出来，"我有义务对爱情抱有幻想。"

"爱情。"他毫无感情起伏地重复了一遍这个词，面部表情一片空白。

"是啊，你看……"我认真琢磨着故事情节，注意力已经不在他那儿了，"我为了帮你，和父亲大人谈条件，牺牲了自己从懂事起就为之斗争的理想和生活，变成了自己最讨厌的那种人，又不甘心默默付出不求回报，在明知得不到你心的情况下，退而求其次，干脆扮演坏人将你的人留在身边，却又无法坏人当到底，只因为知道这样的你心里一定充满着对我的憎恨而不敢面对你，只好每天装作冷漠地远远看着你……"我长叹一声，真是感慨万千，"却又无论如何不能下决心放手让你离开……恨爱难离求不得，真是个情节完整又感人至深的虐文……"我琢磨完了，回着味儿总结，"而且看样子是'BE'了。"

郑先生皱着眉看我，似乎出乎意料又微微有些触动。

"用最糟糕的方式把你留在自己身边，我一定是很爱很爱你……"我深深地凝视着他的眼睛，忍不住颤动了一下嘴角，"而且还爱得很绝望……"

"……"他似乎想说些什么，却不知说什么才好，只能眼神复杂地看着我。

"爱得很绝望……"我低下头，小声地重复了一遍，犹豫了一下还是抬起头来询问，"你说这句话是不是有点儿立意太高了？"

……

他起身回房睡了。

第六章

霸 道 总 裁 看 上 我
之 性 别 反 转 版

……呃。

……嗯。

……唔。

……呕……

……嗷……

"我在外面听到一些奇怪的声音。"郑先生象征性地敲了一下我没有关上的办公室门，说。

我把脸从桌面上撕下来，抬头看他。

"诶？猫粮君你接客回来啦。"我露出个虚无缥缈的笑。

早上我过来公司的时候路过他办公室，就看到他和……我随意问了一下好像是公司的某位总监在面谈，一个半小时后我亲自派遣沈秘书屁颠屁颠去找他，得到的回复是有兄弟公司的……嗯……弟兄来访，郑特助接客去了。

真的是工作得相当充实。

接客回来的郑先生明显对我的用词充满歧视。

"我在看报表……以及……什么的。"原谅我只能说出来我看了一上午唯一一个还在脑内残留有阴影的专有名词。

"怎么突然看起报表，你看得懂？"他冷淡地走了进来，对我表示怀疑。

我的目光追随着他缩短视距，不知道是不是我的错觉，自从把他立意过高以后，他对我的态度就从冷漠疏离上升到不加掩饰地嫌弃阶段，感觉很像在打女性向游戏，除了刚五章就扒了衣服以及我根本不把好感度这回事儿放在眼里外。

"看不懂！"我诚实地说，"不知道谁放了一份在这里，也不知道想要干吗，但'报表'，这个名字听起来就特别显专业。"

什么"资产负债表""现金流量表"，没有一个听得懂的名词。

关键是，确实是唯一留有残影的专有名词。

"……"他沉默了片刻，决定把这个问题过掉，"早上几点到的公司？"

我从鼻子里哼了一声："这个情况我一直没机会说……其实我每天很早就醒了。"早到生物钟设在这个点此人多半有病的程度，"但是我觉得我要把这个莫名其妙反转的人生纠正回来，第一步就是要除去这绝对不属于我的生物钟……所以翻了个身又睡了。"

他很明显地挤了一下眉毛，似乎很顺利地把第一句和最后一句中间的部分挤掉了。我无辜地看着他。

"早上几点到的公司？"

我错了，根本是整段都挤掉了。

我整个人又黏回了桌子上。

他看我没有回答，只是保持了挤眉毛的表情。

"你脸色看起来很糟糕。"他说。

"虽然你洗洗睡了，但我还是有10年浩瀚需要补全的。"我要死不活但是绝对理所当然地回答，毫不掩饰演变成这副快死样子的原因，"……看动画。"

还特意为他解释了一句。

这可不是什么放着慢慢来的事情，穿过来的过程这么突然，不知道穿回去会不会也走同样的路数，万一真的是穿越至少要多吃点儿肉，不能白跑一趟。

我还顺带记了几期彩票号。只待穿越回去，中了彩票，经济独立，拥抱梦想，走上人生的巅峰。

"自找的。"他冷哼一声。

"我也没说是你加害的啊！"我收回对未来的憧憬，挑他一眼，没好气地哼哼，按理说熬夜是寒暑假常态，根本不至于此的，主要还是这副肉体难以承载我年轻的灵魂。我突然想起一件事，"话说既然都要来这里，你难道不是应该叫我起床等着我载我一起上班吗？再顺手做个早点什么的……"我埋怨他，"就算你和28岁的那个凉夏互不搭理，但年少的我还是很无辜的嘛……"

我无辜地冲他眨眨眼，作为一个开车技能被清零的人，就不能对我好点儿嘛……

他倒是不置可否，显然也不屑于继续这个话题，只是扫了一眼我的桌子，目光停留在已经被一堆文件挤到十万八千里之外的一个肉松面包上。我也就顺着看了过去，那是我的秘书小姐沈苑为我准备的，倒不是我特意拜托，大约是她从我办公室出去，用她的职业预见性感受到了她的老板今天是没有下去吃中午饭的可能性了，于是带上来的。

这让我十分感动，不管怎么说，秘书小姐给我带上来的是咸味的面包，这就有一定的可能性说明这位变态得就连畏高也可以拿来锻炼心智的老板，还没有真的变态到连不爱甜味糕点的饮食习惯也顺带扭曲。

只可惜熬夜后的胃部在我看到面包身上那个油油的反光之后立刻就只有外出没有内入的想法了。

他再一次不加掩饰地流露出嫌弃的神色。

"没有吃中午饭？"却意外地问了这个。

我哼出一个音来，所以郑先生接客是接在饭桌上的，酒足饭饱都没有想着给我打包点儿回来，婚姻不幸福。

我腹诽着抬手，把一直黏在左手中指上的自粘性便条竖到他面前晃了晃，回答他的问题。

不知道是便条的内容还是我的手势，让他露出无言以对的表情。他沉默了片刻，最终只是叹了口气："也不急在一时。"

我立刻就怒上心头，从桌上拔刀一样地拔出尺子插在右手边高摞出一堆的文件和文件夹边上，插出17公分的高度。

我抬眼瞪他，道："我今早一来就听说这些是要在下午上班前签完的，有个人还特意留了这么个便签越权威胁我说已经不能再拖了。"

我找那个人找了一早上没找见就算了，现在居然又跟我说什么不急在一时。

我都挺着这么不争气的肉体上了，所以到底急还是不急啊？！

他完全不予以解释，只是拿出电话拨号。我隐约听到皮蛋瘦肉粥温和的名字，胃就立刻叛变革命，愉悦地对我咕唧了一声。

我眼睁睁看着闷骚的仿宋体又出现在了他的脸上。

"不吃不喝也无济于事。"他就那么带着字幕挂上电话，丝毫没有愧疚之心，"找了我一早上？"

"是……"我气势已散尽，老老实实地回答，老老实实地再次举起那张便条贴，冲他勾了勾。

"来，我介绍朵奇蒐给你认识。"

我把自己从桌子上撕下来，从手边的一堆文件中抽出一张纸，是早上刚打印的邮件内容，只是份普通的公告，日期在半个多月前，关于召开什么什么高层会议的。不过我给他看这份公告的重点不是内容，而是这份文件的签发人，也就是公司的副总经理，28岁的那位凉夏。

他不解地看着我。

"你注意看这里。"我摸出支笔，点了点文件上手书的签名，然后在一旁的空白处以我自然而工整的线条签上自己的名字，再递过去展示给他看，"感觉到我要表达的含义了吗？"

他那么聪明的人，我一让他看签名他就反应过来了，除去穿越平行世界这种我还是很想考虑进去的因素外，10年也足够让一个人的字体发生变迁，何况这根本设计过了吧，这明显就是设计过了的，我的字端端正正，一看就是个文静秀气的高中女生，但是公文上这个签名，真是要多艺术有多艺术，都签出花儿来了。

这就是为什么我昨天好歹搞明白一份文件是什么意思却没有当场签名的原因，有知识巅峰的加持当然能闪得出来这种灵光，所以今天坐下来干的第一件事，就是就近找了份签名两相对比，有差异是预料到的事，只是没有想到居然差了这么多。

"这倒是个问题。"他抱着胳臂，看不出来哪里有被问题困扰到的样子，"但是我听罗……"大概是意识到我不认人，话到嘴边又改了说法，"我听工程部的助理说，D.A那个项目的报销款你已经给她签好了，她已经交到财务了。"

"我压窗户上给她描了一个。"这不是重点。

他却突然喷笑出声，我没这个心理准备，反倒被吓了一跳，目瞪口呆地看着他。他硬生生地将这声喷笑转成咳嗽，我也努力收了惊。我们平定了一会儿情绪，略无语地看着对方，莫名感觉彼此都受到了点儿伤害。

"她看起来挺着急的。"我干巴巴地开口，"说这个款是现场工程师先垫付的，本来就因为这样那样怎样的原因拖延了一点儿，现在钱一直没给报下来，工程师已经无视时差随时随地急催了……"

虽然并没有和太多人接触，但是敏感少女如我还是感觉得出来公司里的职员多少都有点儿怕我，所以那位挺着急的助理真的是挺着一副豁出去的样子在急的，豁得特别彻底，让我连找个后援迂回一下的机会都没有，更别说唯一的后援又接客去了，而且就连想哭，这位助理的眼泪和鼻涕喷出来的速度都比我快，还好我机智难挡，立马让她去洗手间处理一下，转身就趴玻璃上描好了。

猫粮君还在那个突如其来的喷笑上阴郁着，只沉着声音开口："这事交给沈苑，让她安排一下，给你做个签字章。"

"还有签字章这种东西?！"我唰的一下就直起身体，觉得有这么好的工具还至于盖出来这么两座大山吗，但又转念一想，这种随便啪啪啪的事情好像不管在什么意义上都挺不安全的，就稍微有点儿泄气，"是说这种好东西为什么之前没有？"

他的表情突然变得有些奇怪，皱了皱眉，才说："你很谨慎，所有需要签字的文件都要一一看过。"

"听起来更像是神经质。"自我感觉的确如此，便答道，"你确定这种设定科学？这个人要是累死的或者自杀的你不用瞒我可以直说，毕竟我已经退到山的那一边去了，对此毫无感觉。"

"不是。"他轻描淡写地回应了两个字，想到他压根儿就没出现在老婆的病床前过，这两个字确实跟它们看起来的一样没有意义。

我叹口气，回到原本的问题上。

"算了，没有的东西就别添置了……我现在什么都不知道，要签字的东西才更是要看仔细了。再说我还指望自己能穿回去呢，回去的时候务必求做到不留下一毛钱关系。"我小声咕哝，"我再琢磨着练一个吧，我可是立志要成为漫画家的人，临摹朵花儿还是可以的。"

"漫画家。"他毫无意义地重复了一遍，似乎对这三个字无言以对，又像是言论太多一时不知道该选择哪个。

感觉到理想被质疑了，我把那张打印的公告翻过来，背面画着一个Q版的小人，三头身，西装革履，表情严肃，头发一丝不苟，眼睛的位置则是两边各自写着"闷"和"骚"两个字。

"这是你。"我说，然后指着那两个字，"这是仿宋体。"

早上新鲜画的，我过得也挺充实的。

他直直地看着那幅画，表情并没有太大的变化，只是这长相，眉头一皱就看起来非常严肃。

"我现在终于理解董事长的心情了。"他缓慢地开口，"画成这样，确实打断腿也要让你继承家业。"

这回轮到我喷笑："什么嘛，猫粮叔虽然长成这样，但还是挺幽默感的嘛。"

"这不是笑话。"他板着脸，很有幽默大师讲笑话自己一副死相的风范，"你一早上就做了这个？"

我的眼泪刷地就下来了，毫无征兆，自己都吓一跳，大概是戳到情深之处，真是后悔刚才没想起来这么一手，否则发挥得绝对要比那个工程部助理好，但猫粮叔果然是容易调戏难以持续的品格，对哭得梨花带雨的少女完全无动于衷。

他无动于衷地看着我的下文。

"我翻了翻邮箱……"我伤心欲绝地说，"本来是想找找你让我签的这堆里有没有什么前因后果的，可是我看到了这些……"

我把笔记本电脑转过去，展示在他面前。操作系统明显和我知道的那个有了很大的不同，但所幸这东西的发展倒是自始至终以反人类为本，反而很容易就适应了，立刻就操作了起来。桌面上是几封打开的邮件，一封是英文的，大略能看懂，一封日文的，汉字部分能看懂，至于其他的，别说是内容了，简直连是哪国语言都看不出来，最可怕的是，这八国联军一样的邮件是在发件箱里点出来的。

我把脸埋在手里嘤嘤嘤嘤地哭了起来。

"所以除了驾驶技能，连万国联合会的语言能力也丧失了吗？"

虽然无论是驾驶技能还是语言技能都和我没什么关系，但这种感觉就像捡到一张中头奖的彩票结果过期了一样……说到底财产既没增加也没减少，但心已经开了个大洞，无法再爱了。

是说从穿越过来就一直在捡彩票这是什么节奏……

我从手心里抬起脸，猫粮君还是那副样子，连一条眉毛都没有动摇过。他端着胳膊，低着眼睛看我，暗示我应该适当砸点儿什么东西到他脸上。我正体会着自己的情感浓度是在鼠标、笔筒、镇纸、笔记本电脑哪一个级别上，他突然开口，只几个音节，声音缓慢优雅，温润低沉，却带着一种异国语言本身的节制和猫粮君对我的独有的冷淡。我一愣神，心跳不自主地加速起来。

嗯？异国语言？

我缓过神来。

"啥？"我问。

"活该！"他答，"德语。"

电脑主机！为什么没有电脑主机！

所以刚刚到底是怎么回事？！这要是少女漫画风都该吹起来了。

对面的人还是那副面不改色的死相，我心有余悸，跳得厉害。那些不懂的语言和收件箱里以百为计量单位的未读邮件，那些让人惶恐又厌恶的事打着未来的标签再一次地如此清晰如此真实地砸入我的脑袋里。我突然就觉得很生气，又觉得很难过。

我深吸一口气，心情复杂地开口："所以，我真的成了霸道总裁了吗？"

相由心生，无法想象表情复杂到什么程度。

"是副总经理。"他以不变应万变，无情地进行纠正。

"所以天凉了，可以让老王家破产了吗？"我霸道总裁的心不受动摇。

他明显地深吸了一口气，没有吐出来，头顶上的中央空调对着大楼紧闭玻璃窗外的炎炎夏日叹出一口冷气。

"老王是谁？"他问。

"专业躺枪的。"我答。

就在连我自己也觉得这样的对话再继续下去简直无法控制了的

时候，门很适时地规规矩矩地响了三声。我偏头，越过猫粮伟岸的身形，望向他身后，办公室的门本来就没有关上，一张有点儿眼熟的脸探了进来。

此人我记得……啊，皮蛋瘦肉粥。

"副总，伟嘉。"皮蛋瘦肉粥……不，市场部经理任磊，在我们的目光聚集到他身上的时候正了正身形，沾着皮蛋瘦肉粥的万丈光芒走了进来。

"不好意思副总，晚了点儿，特意到街角那家粥皇给您买的。"他很故意地看了眼猫粮，表情有些善意的取笑，"楼下那家可不行，粥薄得跟米汤似的，副总刚出院，现在正是要好好补身体的时候。"

嗯？听起来很有道理的样子，虽然我自己是不痛不痒，但这个身体毕竟也是出了场车祸的，要吃好，必须吃好。我接过东西，坦然道了谢，虽然表面风平浪静，但东西一拿过来内心还是一阵小汹涌，这种开了十几年的老字号，吃过的呀，我完全是吃过的呀，这熟悉的感觉真是让我双眼一热。

香味也是熟悉得唾液腺一热，我费好大劲才憋住痴汉脸，虽然粥贵不到哪里去，但粥皇的牌子放在这里到底也是不便宜的，何况还零零散散买了一大堆面点小食。

我招呼了一下猫粮："伟嘉，钱。"

字要少哦。

然后我眼睁睁地看着被点名的那个人肌肉一僵。并且因为西装剪裁特别熨帖，于是僵得肉眼特别可见。

任磊在我和猫粮之间看了一个来回，露出个这两天如幻视一般总在这栋楼里看见的八卦容颜。

他带着笑说："副总难得和人开玩笑，终于被我赶上一回，实在是受宠若惊。"他很自然地拍了拍猫粮的肩膀，"别的不多说了，我多买了些，伟嘉也再吃点儿，沈博那小子心眼儿太多，中午和他吃饭肯定吃不下什么。"他又看了看我，正了正色，"副总，高新区那个事，下午和陈处约了见面，上次通话简单聊了聊，这个项目可能要走竞争性谈判，具体情况还没定下来，有了进展我再跟您汇报，就先不打扰二位了。"

他再次拍了拍猫粮的肩膀，然后出去了。

"最后这段话里起码有一半以上的元素我根本听不懂。"我望着门的方向松弛下来自己的表情，随后又觉得不管是这段话里的含义还是我刻意绷着的脸，好像哪方面都不太需要计较。

我一边拆掉外卖的包装，一边说："你再僵下去该得肩周炎、颈椎病了，是你自己说不要我叫你猫粮的。"我特意强调地停了一下，"伟嘉。"

后悔，吃不下饭了。

"我对此无话可说。"他其实也没有僵硬得那么严重，还是端着胳膊，只是抽出来一只手摆了摆，拒绝了我递过来的筷子。

"不吃吗？"我奇怪，但毕竟还是憋不住心思，"不吃就好，才这么点儿量我自己完全不够啊。"

我愉快地收回筷子，本来就递得不太诚心，收得也就自然特别快，反手插下一只水晶包，开开心心地整只喂进嘴里。他已经见识过我的食量，对此毫无意外。

我嚼着嚼着想起来件事。

"除了邮箱以外其实我还看了公司通讯录来着，嗯，主要是看了那个高层会议的公告想起来这茬儿——你确定不坐下吗？"我用眼神示意了一下桌子对面的会客椅，站着和我说话也就算了，站着看我吃，这种浑然天成的鄙视姿势让我特别不爽，我好歹也是个青春期的少女。

"不必。"他简言，更关心我的下文。

"好吧……我虽然对老爸的公司一无所知……"我好不容易把嘴里的东西咽了下去，才说，"但是赵叔和叶叔逢年过节都会给我红包，还会带各种礼物给我。我记得我妈跟我说过，这家公司就是他们和我爸一起创建的，而且我还记得小时候放暑假，经常被我爸封印在他的办公室里写暑假作业，叶叔每次都会给我好多好吃的……"我絮絮叨叨描述了一堆，才问，"他们今天也不在吗？为什么我没有见到他们？"

"公司发展海外市场，赵总常驻北美了。"他为我答疑解惑，"叶总移民加拿大了。"

"……"我顿了一下，咀嚼的动作慢了下来，木然地放了一勺粥到嘴里，咕唧了一会儿，"……哦。"

"怎么了？"他有些奇怪地问。

"没什么。"我被粥的热气一冲，吸了吸鼻子，叹了口气继续嘴上的动作，"只是觉得，我还只不过是个高中生，世界本来就只是眼睛到书本那么一点点大，连第一次的分离都还没有开始，结果我所有认识的人，一觉醒来居然都不在我身边了。"

除了严岩。

可是严岩又何尝不是！

我在心里想着我所认识的那个少年和他现在的样子，还有那个可怜的疏离的字眼，忍不住问出来："所以是人生终归就是如此，还是因为我，然后大家都走了。"

"……我不知道。"他沉默了一会儿，最终说。

"是啊，因为你不了解我。"我没好气地哼了一声说，"但你总该看过那部电影吧，吕克贝松的《杀手里昂》，很出名的那个。玛蒂尔达问里昂'人生总是那么痛苦吗？还是只有小时候是这样'？里昂对她说'总是这样'。我虽然不是萝莉，但你可是个货真价实的大叔吧。"

"我没有那么老。"他毫无诚意地做着反驳，"如果你非要我说，只有小孩子才会觉得所有的错都在自己。"

"残酷的大人。"我冲他做了个鬼脸，把剩下的粥一扫而光，"不过大概事实就是这样吧，我都忘记是什么时候了，有个残酷的大人也跟我说过差不多的话。那段时间我爸妈总是在吵架，也不知道为什么，我就觉得他们快离婚了，而这一切都是我的错，因为我总在生病，还摔断了胳膊……"

"还是猴子的时候。"他直言指出。

"……说好了这事我们先不讨论的。"我举起一只虾饺进行防御，简直一句话毁小忧郁，踩点踩得这么准真是让人讨厌，我讪讪地继续，"只记得那是个经常来我爸办公室的伯伯，长得有点严肃，好像不是很会和小孩子相处的样子，不过大概就是这个缘故，所以才说了很多不会对小孩子说的实话。他还告诉我他有个比我大一点儿的儿子，非常不可爱，从来就不知道依赖大人，还说什么'虽然大人有抚育孩子的责任，但成长毕竟是自己的事'，现在想想，小孩子这样果然是非常不可爱。"

我把防御用的虾饺塞到嘴里，筷子已经迫不及待地插进另一只，对面的人还是一点儿反馈都没有，我不满地去看他，却看到一副略带惊讶的表情，又好像哪里有些好笑，简直是说不上的古怪。

"……干吗？"我问。

"不……"他摇了摇头，还是那种古怪的表情，语调却又着实带着笑意，"所以……安慰到你了？"

"没，哭得更凶了。"我抬眼看他，对那份古怪有点儿不明所以，但还是说了下去，"本来就觉得自己是没有人管的小孩，一旦自责的感情没了又觉得结果爸妈居然连吵架都不是因为我，更是委屈得收也收不住，但是那句话我却一直都记得，是说为什么你每次笑都不笑点儿正常的东西。"

"再后来呢？"他没回答我，只是就这么不正常地问道。

"他把要送儿子的PSP给我了，我就高高兴兴玩去了。"我诚实地说，觉得自己的性格明明从小到大都是这么阳光这么积极，怎么可能走出这种苦大仇深的未来，根本不科学嘛，"后来我就好好地自己长大去了，再不来老爸的公司了，也就没怎么……见……过……了……"

我目瞪口呆地看着门口，故事中那位残酷的大人完全背离科学，正以更加明显以及更加严肃的表情站在那里。是的，门还是没有关。他抬着手，显然是没来得及敲。

猫粮大概是被我凝固在那里的样子奇怪到了，他回身，看向门的方向，然后在我看来大概隔了一个世纪那么久的时间，他终于吐出来一个字。

"爸。"

诶?

诶诶诶诶诶?!

"嗯。"那位残酷的大人不动声色地收了手,缓步走了进来。

跟我的震撼比起来猫粮表情上那点儿意外根本不值一提,简直一闪而逝,然后继续死相。

"林朗刚才发消息给我说接到你们了。怎么过来公司了,妈呢?"

"她不常出国,累了,我让小林先送她回去,自己打车过来的。"这一脉相承的冷淡语气,只是年纪大一点儿的不仅冷淡,还带着些责备,"小夏出了这么大事怎么不告诉我?"

我还在诶诶诶诶诶地凝固中无法融化,觉得出在我身上的事没什么比这个还大了。

"是我说不要告诉你们的。"两人还在继续闲话着家常,根本没人理我这个出事的人,"只是擦伤。"

"小夏。"残酷的大人没有理他,只是用询问的目光看着我。

我终于可以移动眼球,左右活动了一下,猫粮的表情简直纹丝不动,别说给个眼神,连看也不看我,好像根本不在乎我怎么回答。我心生一丝怒意,再转眼看那位爹,果然还是记忆里那种关心又不善表达的样子。我心里一暖,又觉得酸酸的,自从这倒霉的一觉醒来,全线物是人非,连自己亲爹妈都没有好好见上面,本来就已经是看到熟悉的人事物恨不得抱上去哭一会儿了,一看到这种关切的表情,一时间那些连自己都没想到的不安、困惑、害怕、气愤一拥而上。

我摇了摇头,梗着脖子说:"我没事。"

"都这样了还说没事?"残酷的大人用跟猫粮一模一样的角度皱

起眉，指责儿子。

"她在车祸中撞到头，记忆发生了一点混乱……"儿子解释，虽然只是陈述事实，但这个刻意的停顿完全就是撞傻了的潜台词，他潜完了，才接着说，"受到点儿惊吓。"

"嗯！"我撩起头发，伤口结成的痂贴着发线，目前愈合情况良好，头发放下来的时候不太明显，但一看仔细了，还是可以看出来有那么点儿规模的，"有些事记得有点儿乱，医生说是短时间的，休息休息就会慢慢好起来的，没事的。"

"真的没事？"

我用力地点头。

猫粮爹不赞同地轻叹了口气，却没有坚持，显然是对在场所有人的"没事的"行为早已习以为常。

"我还有些事要处理，伟嘉，一会儿你来我这一下。"他看我一眼，把我揽进对话中，"晚上和小夏一起回家吃饭。"

"今天晚上有安排了。"猫粮接道，"你和妈都累了，先好好休息，星期天我们过去。"

我默默地目送那位爹点了点头，步出了我的办公室，再转眼就对上猫粮一张已经备好了的脸。

我内心千军万马。

"所以他这是……"

"我爸。"

"所以你就是那个……"

"非常不可爱的儿子。"

"所以我抢了……"

"游戏机的事我倒是第一次听说。"

我立刻心碎，扑倒在桌子上，有种建立了十几年……总共也才活了17年的世界观突然倒塌的感觉。最可怕的是，当我在属于我自己的过去和这个我永远也无法接受的所谓的未来之间画上了一条泾渭分明的界限，把这个人划到了可以毫不在乎的那一边的时候，当我假装发生的一切都无关我事的时候，突然发现这个人早在很久之前就已经堂皇登场了。

真是讨厌。

真是讨厌啊……

"嗯？"我突然想起来个事儿，唰地就从桌子上立起来，打开早已翻过一次的通讯录，在高层中扫过一眼，"……技术总监？"

他点了点头。

我闭眼，两根手指戳脑门儿，总觉得提到技术总监这个词就有那么点儿想不起来前因记不起来后果的即视感，隐约觉得是从严岩那儿听来的，隐约又觉得是连在什么换购并股还是换股并购之类的词后面，然后因为无法理解被一起忘掉了。

不过话又说回来，人生的分别与重逢还真是猜不透啊……

"你出车祸那天是林朗给我打的电话……"我正琢磨着，突然听猫粮说，"是他接到电话通知才知道你出了车祸。"

"林朗是谁？"我睁眼，连"小林"在内好像是第三次出现这个名字了。

"公司的司机。"

"哦。"原来如此，所以遭遇车祸后第一个接到通知的不是亲属，而是公司的司机，还是被车捎带上的，这人生也算是灰暗到头了，不过还好还有严岩这个存在可以挽救一下，让我得以脑补出一个最先知道的其实是他的明朗过程，有这个就够了，我明朗地心满意足了，才问他，"干吗突然提这个？"

"……"他看我一眼，脸上的表情有些欲言又止，最终却没有继续下去，只是偏过头，"……不，没什么。"

这态度真可疑，难不成是真的以为是擦伤，结果被伤疤的规模谴责到内心了？

嗯，好歹也是个人类……个鬼，谁擦伤在医院待那么久？

"好吧！"其实我也不是太在意，就再为这个事情做一次不必要的解释好了，"如果你想知道的话……至少在现在这个我的角度是真的觉得没事，不痛不痒，就只是一觉醒来而已……"不，仔细想想精神打击也还是很严重的，"何况严岩是医生，他家全家都是医生，我从小到大只要进医院门就归他们家管了。"

"我知道。"他沉声说。

"你知道啥啊，还问我严岩是谁……哦。"我看着他晦涩不明的表情突然反应过来了，这两个人，从某种程度上来讲还真有一点点像，"所以你俩就这么认定彼此有外遇，然后拖着没离婚吗？"我做出一种警惕的表情看着他，"你俩真有病。"然后在他的目光注视下屈辱地进行修正，"我有病，你就是纯倒霉。"

真是能伸能屈的典范，于是凶人的反而露出个颇为无奈的表情。我多少有点儿没来由的得意，突然觉得轻松了不少。

"虽然我是个有义务对爱情抱有幻想的少女……"我轻松地说，角色转变得极有自信，"但我也知道现实是，人们会因为更多与爱情无关的事情在一起……既然如此，我是不是可以往这个方向期待一下了？"

　　我的文风转换已经烦不到他了，郑先生居高临下地伸出手指，说："先让我期待一下这个如何？"

　　他点了点掉在一边的黄色便条贴，我顺着看过去，又沿着同样的轨迹转头看看桌上的时钟，默默地谴责他，下午班早就开始了先不说，为什么跑偏了这么长时间又跟人家说了什么不急在一时的好听话，这事儿居然还没有被糊弄过去？

　　"我认为签名的问题你已经解决了。"他说。

　　"我认为你完全搞错了问题的重点。"我指摘，指着桌上那堆被浪费的木材，"重点难道不是我完全都不知道这堆东西是什么吗？"我在他有任何言论前抢断，阐明事实，"虽然说了要经历一下的话什么的，但也只是氛围到了摆个样子而已，请不要擅自认为我突然就具备处理这种问题的能力了，我只是个高中生，高中生！"

　　真是说不出来的委屈，人家穿越都是变美开挂谈恋爱的，我是大老远来吐槽的。

　　我继续拦截他插话的机会："另外，为了防止你误会我是个很有志气的人，我先解释一下，其实我早上打电话问过我爸……"真是越想越觉得气难平，我抑住情绪面带微笑，迂回地说，"结果屁用都没有。"

　　他老人家正偕夫人在全球最幸福的海滩上晒太阳，被拆穿之后干脆正经脸也不装了，我就不该先识破他，真是太年轻憋不住气，结果女儿的求救电话飘过去还没有说重点，他老爹一句抢白"女儿啊，好不好啊，有没有乖，老爸很好哟，老妈也很好，不用担心我们啦，今天老爸冲浪冲得很过瘾，你老爸身姿潇洒、英猛非凡，连年轻人都自愧不如，有照很多照片，知道了，你想看，不要着急嘛，老爸一会儿就给你发过去啊，哈哈哈"，咔嚓，嘟嘟嘟嘟……

真是家丑不可外扬。

谁要看那种三围的中年人冲浪啊!

一想到这个就忍不住手上用力，还捏在手里的一次性筷子咔吧一声就从中间断成两截。

我的微笑保持得太牵强，半边脸都在微微抽搐。

猫粮端着的胳膊终于严肃地放了下来，他犹豫了一会儿，眼神飘到了被一堆杂物赶到一边的座机上。我也看了过去，听筒的位置有条同样深邃的裂痕。

"我来教你吧。"他定了一会儿神，抬手看了看时间说。

"……为什么不是'我来帮你吧'？"我把空了的外带盒子收拾掉，吃饱了卖个撑。他已经绕了一圈走到我旁边，俯身看文件山最上方的那份文件，听我这么说，立刻直起身，一副你到底要不要的样子。

我忙不迭地竖起最后一个防御用虾饺，冲他做出无辜的表情。他不知道思路跑到哪里去了，摘下来就吃掉了。

"不如让商务和项目经理都进来，我们一单一单做个Review。"他吃完，一边若有所思，一边舔了舔拇指。

净是些少女漫画中让人无法直视的分镜，我捂着眼睛抽了张纸巾递给他。

"虽然不知道Review放在这里是个什么意思，但从中文部分来看，你这是打算把我游街了吗？"我想想，好像有点儿不对，"……让街游我吗？"

"只是个建议。"他看也没看，随手一抛，纸巾团正中垃圾桶。我不自觉地眼皮一跳，他顺手拖过张椅子，草草将整摞的文件翻过一遍，才重新整理了顺序，开始一份一份地讲，从头讲起。他是个好老师，从需要签名的内容开始延伸，直到项目情况、公司产品、发展历史、组织结构、人员组成、合作单位、发展方向、市场形势……

我定定地看着他，目光所及的身侧就是那扇能看到城市很边沿地方的落地窗，午后阳光正好，斜斜地照射进来，随着时间的流逝慢慢爬上了桌子。我偏过头，看见它们落在身边这个男人的侧脸上，穿过长长的睫毛，在脸上投下光影交错着的柔和的线条……

我突然就有了一点儿恍惚。

"……你到底有没有在听？"低低的声音突然在耳边响起，好听得让我心里空了一下，然后才品味出这句话里不悦的成分。

"有啊。"我一点儿也不为自己的走神心虚，绽放个笑容厚颜地回答。

他没有说话，稍稍皱了皱眉，直直地盯着我，我也回看着他。

感觉就像是过了很长的时间。

一个身影在门口闪了一下，举着准备敲门的手顿在半空，和主人一起有点儿尴尬地停在原地。

"副总，我来……"沈苑已到唇边的话也生生地停在了原地，最终僵硬得变成一句"打扰了……"。

她慌张地退了出去。

"她大概是来拿文件的。"那个奇妙的氛围像是被打破了一样，郑特助随手把笔往桌上一扔，靠在椅背上揉着脖颈舒展了一下说，"我让她差不多这个时间过来。"

"虽然便签上写了下午上班前签完，但还是通知秘书这个时间过来。"我提取重点，瞟了一眼时钟，然后奸笑着抽出刚才的尺子，这次往完成的那一摞上一量，"喔！不算我之前看的那薄薄两片……好吧，昨天说过的那两片，居然搞定了20公分，比暑假最后一天的作业效率还高。"

"文件是按份来算的。"他不怎么认真地提醒，然后站了起来，"差不多了，剩下几份是我早上拿过来的，只是几个差旅费的报销单，部门和财务都审过的。"

"妥。"我伸了个懒腰，然后用手撑着下巴仰视站起来好高的男人，"你出去的时候顺便告诉我家秘书小姐10分钟后进来，把签好的文件拿走……我再描两朵花。"

他停了一下，转身，没有说话，只是用眼睛看了一眼我手边那部裂开了的电话。

"你顺个路嘛，她八成就守在外面。"虽然我看不见自己的脸，但还是极尽所能猥琐地笑了一下，"当然10分钟也只是这么一说，时间越长越好，谁知道会发生什么事。"

他折回来，俯身靠近我，一字一句地说："我跟她之间什么事也没有。"

"我知道啊，有事的那个我昨天见到了。"虽然没看全脸……我没看他，拿着早上打印出来的签名纸认真比大小，感觉就算描个20公分一摞文件这个尺寸也大差不差，"但是秘书小姐一看就对你有意思嘛，嗯……那叫什么来着，员工福利？"

他的反应倒是意外地很镇定，镇定得我都有点儿不安了，抬头，看到对面的瞳孔都大了两圈。

我嘿嘿地干笑了两声。

"你没有发现吗？"脸贴得太近，我几乎反射性地想伸手来个挑下巴，但发现自己胆儿似乎也没肥到那个程度，只好死命眨巴眼，"你整个就是'霸道总裁看上我'的性别反转版……所以你还是跟我一起心存期待吧。"

他似乎终于醒悟过来这部分的沟通是一件非常多余的事，于是转身往门口走去。

我趴玻璃上干活儿，转头看着他的背影收敛了表情，连唇角都只是以正经的小角度微微上扬。

"猫粮，你是那种不能放着弃狗不管的人呢。"

他像是没听见我的话一样走了出去，中途连个停顿都没有，但我的办公室门这回可算是关上了。

我开花结果，把签好的文件摞在块新的地皮上，荡漾了一会儿成就感，才把自己窝进椅背里，又盯着天花板发了会儿呆，却还是忍不住偏头去看那片没人挡着便空空地落在桌上的阳光，去做我一直想做的事——伸手掬起来。

很温暖。

很柔和。

和那天的阳光没什么两样。

也是这样的午后，炎热沉闷的教室，空气在皮肤上流连出潮湿黏腻的触感，我坐在靠窗的位置上，也是这样偏过头去凝视随手拖了张椅子坐在我旁边给我讲题的少年，阳光也是这样偷偷洒下来，穿过低垂着的睫毛，给那张永远神采飞扬的脸上淡化出一层柔和的光。

少年抬眼，阳光便落在眼底，像流淌过浅浅的河流。

而那一点恍惚又是为了谁？

现在，还只是突然感触了的过去。

但是什么又是我的过去，什么又才是我的现在？

我把头仰在椅背上，呆呆望着天花板。

啊……结果完全不一样了啊……

我张开嘴，试着说出一个名字："严岩……"

……

我睡着了……

我睡着了！

就这样仰着头靠在椅背上睡着了？！

而且因为姿势不好，当我反应过来猛地直起身体的时候那么一瞬间突破天际的疼痛让我觉得自己的脖子简直是咔吧一声直接断掉了。

真叫一个痛啊……

我花了好大的力气终于抚慰了脖子，才赶紧摸了摸嘴巴，这样仰着头睡觉嘴巴最容易张开了，一张开那就……那就飞流直下三千尺……

摸完了缓口气，还好我被深埋在另一个宇宙的本性还是端庄的。

我终于放松下来，伸了个懒腰舒展身体，揉揉眼去看桌子上的时钟，看完了恨不得挖下眼睛好好泡干净了再看回去。

早就下班了……

下班了呀，真是令人发指啊……桌子上的文件明显被移走了一部分，说明最起码我的秘书还是进来过，也不叫醒人家……真体贴！

重点错了！

啊啊啊，也不要直接就睡到下班吧……

老板这么公然地在上班时间睡觉，还睡得那么狂放，员工难道不会暴动吗？

简直没脸见人了……

我扭曲着身心想要站起来，就这么一动，有什么原本盖在我身上的东西滑了下来。我捡起来看，是一件深色的西装外套，微微地散发出咖啡和烟草的味道。我忍不住把脸埋在里面，唔，好好闻。

等一下，这个描述怎么有点儿熟。

"醒了？"有人在旁边说。

我抬脸，靠在门板上的人正端着胳膊站在那儿，袖子卷到手肘，头发有些微微的凌乱，领带松开了一点儿，衬衣的扣子也解开了两颗，隐隐约约地露出锁骨漂亮的形状。郑先生正眯了眼睛看着我。

而且显然已经是存在了一会儿了，稍微昏黄的天色给他的轮廓打上了重阴影，真是说不出来的性感啊……

我半是紧张半是激动地吞了口口水："大叔，刚偷情回来啊。"

果然时间不知道怎么的就变得如此之长，而且果然发生了些什么完全不知道的事情……这个人之前还好端端的，怎么我睡了那么一下下醒过来就开始乱散荷尔蒙，观赏度升了不止一个等级，真不愧是被霸道总裁看上的……

　　……

诶？！ 怎么又是睡了一下下？又穿越了？

他危险气息十足地走了进来，一边伸手把衬衣扣子扣好，扶正领带，只这么简单的动作，他做得缓慢而认真，好像世间再没比这更需要专注的事。

我猜如果不这么专注，大概就直接过来领带朝上把我勒死了。

"你要是再不醒，我也该叫你起来了。"

我上贡品一样的双手奉上大人的西装外套，恨不得高举过头顶。大老爷很是受用，一伸手示意我伺候上。这个技能我从小到大还真目睹过，于是有样学样地帮他穿过袖口，抚平肩线，压整领面，拉直下摆，扶正领带的时候一路顺着锁骨抚过胸腹，在腰上停了停，自己都觉得自己实力雄厚得简直能拿奥斯卡奖。

郑先生穿上外套后道貌岸然的气质就出来了，危险度便显得少了一点儿。他垂着目光看我，温声开口："今天晚上有个生日宴，远黛传媒的袁总，你去洗手间补个妆，我们差不多时间就走了。"

"补妆？"我想了一会儿，这个是不是又是哪门子活该了的外星语言，但又实在难以曲解，只好婉转地表达，"补屁，没化。"

虽然我从来没有涉足过美妆这个方面，但是好像有听说过除非把整盆的狗血洒到脸上，否则男人根本看不出来女人化没化妆的都市冷笑话。

还以为只是个冷笑话……

都是因为这些讨厌的死大人，我今天来公司前在衣帽间里翻阅了好久，才终于找到一身还看得过去的职业套装，基于我高中的校服就是西装式的，所以尚能接受，只是鞋还是平底的单鞋，整身搭配起来距离训导处主任又靠近了一个温暖人心的距离。

至于妆，哈!

"稍微打理一下。"他冷不防地抬起我的下巴，看了一会儿，才用指尖在我唇上擦过。

这行为真是猝不及防，我甚至连条件反射的避让都来不及做出，他却一副思想又不知道跑到哪里去了的样子，只是又擦了一下，然后放缓了速度又是一下，之后就干脆在上面稍稍用力地摩挲起来。

我瞪着他，无法忽略唇上的触感，粗糙温暖，力道不轻不重，这感觉诡异得让人难以动弹。

"你是想采用皮下出血的方式来上色吗？"我终于怒气冲冲地说，却说不上对他还是对自己，只是尚算客气地往后退一步，挽救我的嘴唇于危难之中，"不如给我一碗辣椒盖饭，效果是一样的，但是我心情会稍微好一点儿。"

反正一样都是变成香肠嘴，后者还可以拿来糊人一熊脸。

他先是一愣，很快便转身，冲我比画了一下手指，看起来有些心不在焉，"楼下有个美容院，看看能做什么吧。不是什么正式的场合。"

"所以这就是你之前说的晚上有安排？"原来真有安排，原来我也是计划内的，"能不去吗？"

"不能。"他脚步都没停。

"不是说不是什么正式场合？"

"所以才不能。"

我撇了撇嘴，这种对话都已经成了惯例了，每次都得和爸妈来上一场，怎么换个人换个场景居然还能接上。

"我妈倒是教过我应付各种场合的方式……"我认命地跟上他，多少想为自己辩解一下，一边从钱包里挖出来张印着VIP的卡，美容院，嗯，真是完全有迹可循的人生，"不过我根本没听。"

他看样子也根本没在听，只是在前面走着。公司里的人基本都下班了，唯有大厅里靠走道的一排灯还亮着，大约是员工下班时为我们留的。他身高腿长，我追得实在有些吃力，索性就这么停下来，专心看着黄昏的光影在他背影上留下交错的痕迹，有种蛊惑人心的魅力。

我忍不住无声地笑起来。

"你在干什么？"郑先生终于发现我似乎没有跟上他，停下来转身看我，那光影便落到他脸上。他轻微地皱着眉头，表情显得意外有些坚定，沾染上了一种怪异的颜色。

"逢魔时刻啊。"我仍旧笑着，看他，"日与夜交替，人和妖同行。"然后再一次在他的目光注视下屈辱地进行修正，"你是人，我是妖……"

他直直地盯着我，我也没有移开视线，就这么坦率地回看着他，可能有点儿不甘，或者就只是出于习惯，就在我思考他蓄力这么久究竟是要多大能量爆发的时候，他却敛了目光，顺着光线照射进来的方向偏过头去。

"不……我只是……忘了这个城市的晚霞有多美……"他完全在预料之外地说，说得毫无关联性，然后在将目光重新移向我的时候微微带了些歉意，"抱歉，我走得太快了。"

我还在盯着他脸上光线勾勒出的金色轮廓出神，用了一会儿才听清他说了什么，这让我觉得似乎也没什么好值得生气的了。

"不管怎么说你还是停下来等我了。"我踩着轻盈的步子走上前去，在他那些微的歉意下生出些胆边的恶趣味来，于是伸手勾上他的胳膊。因为事实上也并不是真的很轻盈，他的西装立刻就被扯得歪向了一边。

"不要扯，好好走。"他严厉地说，但听得出来也不是真的不高兴，刚刚那些莫名出现的气场就这样又莫名地消失了。

"我不管了，我的世界观刚刚被刷新了，突然就醒悟过来成长才

不是自己的事。从今天起，我长成什么样全世界都要为我负责。"我
无赖地说，却还是没绷住，因为他的反应和语气笑出声来，"猫粮，
你那句话说得还真像我老爸。"

接下来要是一个手刀劈在我头上，没准儿我就可以喊出"爹地"
这两个字了。

可惜他只是身体一僵，什么也没说。

直到我被摆弄着化好妆，别扭地坐到车子里的时候，他才开了
口，是平时的淡漠："生日宴的相关事务我会在路上讲给你听，你稍
微记一下，倒是没有什么重要的东西，只是到的客人都是一个圈子里
的，注意应付一下就可以了。"

我木然地点点头，那种全世界都要为我的成长负责的感觉从美容
院在我的脸上铸了个膜之后就彻底消失了。我觉得浑身都不舒服，说
笑的心情好像瞬间就被封存住了。事实上妆不浓也不复杂，甚至在我
的讨价还价中，那位挂着客户经理牌子的姐姐只是崩溃地表示只帮我
做了最基本的处理，但是不习惯有东西附着的脸和五官一直僵硬着，
怎么也不能像平常那样笑，那样扭曲表情，好像戴着一层面具，一层
硬在脸上让我浑身不舒服的带着浓烈香气的面具。

我忍不住想，这种陌生的感觉，带着诡异的压抑感，好像自己突
然就变得不再是自己，是28岁时候真正的凉夏？

我偏头看旁边一边开车一边和我低声说话的郑伟嘉，想开口问
他，却意外地想起昨天晚上他松了眉眼和那位长发披肩、体态优美的
姐姐说话的样子。我犹豫了一下，却最终没有开口。

第七章

为 什 么 你 们
还 没 有 离 婚

still
a
minor

at
28

　　我百无聊赖地贴在小吧台附近的水果区，一边自提刚搭建出来的水果拼盘，一边看着五米开外一个面目清秀的姑娘把用酒腌渍过的小橄榄放在嘴里。姑娘老实巴交地嚼了两下，老实巴交地呆滞了一会儿，然后老实巴交地吐出个核，老实巴交地嘿嘿嘿嘿笑了起来。

　　我于是也跟着嘿嘿嘿嘿地笑了起来。

　　生日宴会确如猫粮所说，果然不是什么正式的场合，当然，除了"生日宴会"这个部分以外，我一个从10年前穿越过来的人都看得出来，这分明就是个Party。虽然12岁以后我就以功课繁忙不宜应酬为由拒绝再参与这类活动，但是在那之前也算是作为一个不怎么合格的应酬配件以各种名头被带出来遛过的。

　　我记忆中那种会被正经八百叫作生日宴会的，一般都是去的市中心某个金碧辉煌的高级酒店，主角不是爷爷奶奶就是伯父伯母，要么就是连路都还不会走的小婴儿，我这种年纪的，一进门还能获得个新手红包。当然我的戏份也就只是在这个最初的部分，跟着爸妈，甜着嗓子重复他们让我说的每一句话，并且回答所有套路般的问题。之后就是各位成年人在一起兴致高涨地互相敬酒，说一些完全听不懂的话，我只要能轮上一圈就算是任务完成，接下来就可以抱着食物在角落里乖乖蹲好，散场的时候拉得到老妈的手没丢了就可以了。

所以从三岁看老这个角度上来讲，我对人情世故的努力程度跟进门之后挂在衣帽间的外套似乎也没什么太大的区别。

相比之下这边不管是风格还是参与感都显得太过强烈了一些，都是些年龄相近的年轻男女，同一层次、同一类型、同一背景设定，三三两两聚在一起，端着酒杯谈笑风生，格调看着就很高，而我作为一个"将公司在父亲的基础上一手扩大到现在这个规模"和"刚刚出了车祸在医院待了好长时间"的人，自然活该引人注目，但所幸有了医院探病的那段经历，我也是敷衍技能点到满，再加上来的都是些年轻男女，很是懂得说好娱乐就不谈工作的规则，更何况今天主人过生日，总归不好跑偏了重点，于是打发起来也极其容易。

我就这么且战且退，凭着自己闲置多年的经验值，渐渐地占据了这个靠近食物远离人群的地理位置。

然而说到地理位置，这个生日宴会……或者说生日Party举办的地理位置非常值得一提，事实上，对于穿越后完全跟不上城市规划的我来说，这地方真的是难得的熟悉，主要是多亏了我那部特别机智的手机，我才知道这居然就是城南那座我们四人小团体经常骑着自行车出来爬着玩儿的山，也算是本市一个著名景点，看资料大概是两三年前，有个什么开发商搞了个项目，打着空气清新、风景如画的概念，再加上个名家设计、尽显奢华的宣传，在山腰上铲出来个高档别墅区，号称往窗口一站就可以尽览整个城市，以此吸引了很多有钱人买来用作除了正常居住以外所有其他任何事情。

需要特别说明的是，一提到正常以外就忍不住兴致勃勃地问了一下那位28岁的凉夏有没有在这里购置房产，但是作为一个不知道算不算有钱的变态，并没有在这里购置房产。

相当令人失望。

由于没有正常居住的人类，所以这地方大部分都呈现一片漆黑，可能出于隐私保护或者就是毫不在乎那点儿地皮，每栋别墅之间的距离拉得相当之大，还层层叠叠盖满植被，于是黑得也就特别彻底。环山公路开上来除了仅能照亮路面的模模糊糊的地灯外只有正在过生日的一栋是灯火通明，远远一看更像是案发现场，尤其应景的是后院还有个巨大的露天泳池。大概是气温还比较高的缘故，生日宴会……生日Party就是以这个游泳池为中心布置了一圈，还从酒吧请来了服务生，摆了水果拼盘和看起来就是装样子的小点心。也只有水果拼盘和装样子的小点心了，其余就是酒，全是酒，各种酒，简直进一步就是灌醉之后互相恋爱的低成本偶像剧，退一步就是灌醉之后互相杀害的低成本惊悚片，更不要说因为过生日的是传媒公司的老板，现场还真有不少看起来眼熟不眼熟的小明星，简直每一秒都让人幻想着接下来就会传来一声惨叫，然后正剧Action。

"你在干什么？"

但是没有，想惨叫的只有我而已。

我把视线从那个面目清秀的姑娘身上移开，偏过头看问话的人，猫粮君刚刚打发了一个过来关怀我健康却将全部心思放在他身上的大小姐，从入场之际便开始接连上演的还有这么一幕，已婚大叔受欢迎的程度简直让我匪夷所思，就连对我的慰问都让人怀疑只是个接近的借口罢了，所幸这样的客套也只能维持在开场白的阶段，除了敷衍的部分以外，再加上28岁的总经理素来是个字要少的高冷做派，和17岁的高中生又实在对车祸这件事连痛感都没有经历过，只有这些问不停的套路般的问题还算是勾起了一点儿历史残留的即视感，敷衍之后我便很快得以淡出这些不怎么诚心的对话，散着神发出嘿嘿嘿嘿的笑声了。

于是冷不丁地被点到名就有点不爽快，有种我安安分分上我的课走我的神却被老师横插一粉笔的感觉，这位叔明明一副游刃有余交际花……草的样子，居然还有这份余力非要顾及我。

"我在想不久之前看过的一部电影。"我不爽快，但还是回答了他的问题，眼神又飘回到那个面目清秀的姑娘身上。姑娘对面站着一个男人，那男人正侧对着我们，身材高大，面色寡淡，看起来像是在问那姑娘什么问题，这问题十有九成和郑先生问我的一样，姑娘正用一种严肃的表情在认真作答。

"就是那部《恋爱假期》。"我抿了口葡萄汁，当然，喝的不是酒，作为一个道德感丰满的有着正常味蕾的自觉的未成年人，我对酒精的味道没有丝毫好感，我在内心自我标榜完了接着说道，"刚开始不久的一幕，裘德洛喝醉了，晚上去妹妹家借洗手间，却看到和妹妹换了房子的卡梅隆·迪亚兹，于是摇摇晃晃地和她说话，然后他看着她，说，我要撞上你了。不知道为什么，就觉得这一幕特别迷人。"

然后那个女孩就用一个顶肺的姿势直接撞到对面男人的怀里，我把葡萄汁吸气管里了。

"那是欧阳，进门的时候我们打过招呼了。"猫粮用一种根本感受不到这一幕迷人之处的冷淡语气看了看那个被顶了肺的男人，并且对我的气管也没流露出什么关心的态度。

"是啊是啊，和我只是点头之交，但是他老爸的公司和我们，呃……关系挺缠绵的。"我咳完了，一抹嘴有点儿不太上心地说，

"我感兴趣的是，那个姑娘才是我的同类。"

一个是训导处主任，一个是还没毕业的学生，果然我们才是同一个画风。

我吐完槽了，半天没有等到反馈，于是抬头看猫粮，他居然无声无息地表示了赞同……

我迅速地把目光收了回来。

灯就是在这个时候灭掉的，我眨了眨眼，抬头看了一圈，简直以为自己收光收得太猛直接收瞎了，不过事到如今我也不怎么指望会有什么好戏上场，尤其是随着灭灯背景音乐换成了轻柔版的《生日快乐》，伴随着音乐一个精美的燃着蜡烛的三层蛋糕被缓缓推了上来。

我于是鼓着掌，跟着众人哼唧了两声"Happy Birthday To You"，在最后一个音节结束之后就开始琢磨着是不是切完蛋糕就可以把离场提上日程了。

还是要仰仗别人啊，这种荒山野岭又打不到车……我默默地看了一眼旁边也没比我多投入到这个氛围多少的猫粮，为空有驾照没技能的自己感到难言的悲哀。

远黛传媒的袁总袁纾小姐是个无论气质还是存在感都特别强烈的美女，而她自己显然也很清楚这一点，尤其是当全场焦点都在她身上的时候，真是说不出来的艳光四射。我见到她的第一眼就觉得她好像有些眼熟，基于我现在不太有机会见到什么熟悉的人，还很是介意了一番，直到郑先生把她上上下下的具体情况"简要"地跟我讲解了一下，我才想起来，前段时间……特指我本人的前段时间，老爸找人来给公司拍了一系列宣传片，找的就是袁纾母亲的广告公司，我出于对拍片的好奇也跑去凑了一下热闹，结果被老爸捉去陪着一起吃了一顿饭，大概就是因为这个才在饭桌上聊起儿女的事，还看了她在法国留学的女儿的照片，长得非常像妈妈，虽然我不是以记人著称的，不过照片上应该就是这位没跑了。

果然是一个圈子的人，多少都会有点儿渊源……的意思吗？

我兴致勃勃地看了一会儿，突然心生了一点儿好奇。

"我们一会儿要跳舞吗？"聚光灯打着简直太有那个氛围了，"我虽然不会跳舞，但是我可以踩在你脚上晃一晃。我常常看爱情电影、电视剧、小说、漫画上男女主角就这样跳舞，一直都很想试试的。"

我还是个少女，我是有少女心的。

然后少女眼睁睁地看着男主角动了动眼球，明显忍住一个白眼的动作，说："你看的是哪个年代的爱情电影、电视剧、小说、漫画？"

"……你这句话的杀伤力简直不能更大……"

我们说海可枯石可烂沧海可变桑田，但是浪漫的套路是万古长青的。

"所以我也会这样过生日吗？"玩够了的我问猫粮，"我是说，年纪大一点儿的那个我。"

年纪轻轻的这个我过生日都是在街边的店里自己默默吃碗面而已。

他露出个不解的表情，却没问什么，只是摇了摇头，说："你不过生日。"

"……"我痛心，"我不过生日是因为我倒霉生在学期末，光顾着考试了，朋友也都光顾着考试了，哪有余力搞这种腐败，特殊情况下的特殊习惯有什么好10年传承的！"我看着许完愿吹完蜡烛的袁小姐，沉痛地交代，"……虽然我不爱热闹，但是我也好想收礼物……"

再小的时候且不说，自从我搬功课繁忙的石头砸了自己脚以后，爹妈也就顺水推舟地不太爱搭理我了，一并光明正大地工作繁忙了起来。至于我们四人组小伙伴，生日偏巧也分得相当散，严岩是年初，白晓柠年尾，我和唐拓一个生在上学期期末，一个生在下学期期末，遍布得极具启发性。但是作为青春期最为重大的一件事，生日要怎么过曾经我们也是郑重其事地商讨过的，原计划是每年选个方便的时间聚起来吃个饭，玩个耍，互相送一下礼物，就当是一起过生日了，但是后来发现我们总是混在一起吃饭玩耍互送礼物，于是最后大家都不太想得起来要把哪天当作特别的一天了。

所以10年后就各尽天涯了吗？真是胡扯。

我一口气喝光刚刚被呛出去一半的葡萄汁，把杯子放在吧台上，还不等示意，服务生就已经把榨好放在一边的果汁给我续上了。小哥动作敏捷，眼神坚定，效率高得惊人。我惊着似的道了谢，转头看到郑先生一副高瞻远瞩的样子，不知道在思考什么人生。

我咬了咬杯子沿，问他："所以你呢？"

"嗯？"

"你是怎么过生日的？"

他大约是已经厌烦了这个幼稚的问题，哼了一声，随意地说："公司会发购物卡和蛋糕券。"

我忍不住笑起来："这个我还真知道，公司的传统福利嘛，而且我还知道我爸和我妈仗着是公司的老大可以对人事部乱来。"我隔空鄙视了一下那对夫妻，半是无奈半是好笑地叹口气，"把他们的登记日期都改成我生日那天，这样如果他俩都忘了我的生日就可以拿这个来敷衍了事了。"

仔细想想我的生存环境还真是恶劣，还好备考的绝望总是能压倒一切，相比之下这点儿小事简直不值一提。

然而他并没有和我一起体会这个槽点，只是用一种有些在意的表情看着我。

"你不舒服？"他突然说。

我愣了一下，不明白他为什么突然这么问。

"你在电梯里的时候就是这样……"他直言，语气笃定，"好像在用话题分散自己的注意力。"

"……就凭这个推断出来的？"我是真的惊讶了。

他没说话，只是皱着眉看我，似乎觉得说得太过贸然了，有些后悔的样子。我倒不是很介意，毕竟很早之前我就知道自己有这种毛病，有人告诉过我，只是觉得也不是什么大的问题，没什么好纠正的。

倒是看出来的人在我心里太过特别，觉得自己原来是被注意着的，感动了很久，现在想来，原来是能够这么轻易被看出来的事吗……

"猜测而已。"他轻描淡写地说，"所以是什么？"

"好吧，"我承认，我确实有点儿不舒服，但比起电梯里的感受倒是无关紧要，我想了想说，"大概是因为宴会和Party的区别。"

这回轮到他愣了一下。

"你看——"看着他的样子，我心情愉快地解释起来，"宴会的核心是筵席，筵席的意思是一整套的菜肴席面，而一整套的菜肴席面的意思就是，好多好多好吃的。你懂？"

他懂。

我在会场抢了一圈，说："那么你承认错误了吗？"

他面色怀疑地看着我，反应过来了："你饿了？"

我终于露出个发自内心的笑容，他似乎也想起来我撞到头，变成了只有五秒记忆一直吃不停的金鱼这个设定，看起来有点儿无奈。

于是我露出准备好的此生最无辜的表情回看他，我确实饿了，粥皇过分精巧的小点心数量再多也只能支撑到现在而已，都怪他的误导，原本听到宴会这样的词我还心存了期待。

我用一个极为婉转的方式来补刀了这个问题："如果发件箱里的邮件都是我亲自发出去的话，那我现在就可以用八国联军的语言说饿这个字了。"

他叹了口气，将目光放得长远了一些，看着蛋糕旁边那群围着的对这种活动更加有参与精神的一圈人，其中有一个也看到了他，冲他挥了挥手。

猫粮冲对方举了举杯，露出个礼节性的表情，又看了看我，道："你等一下，我给你拿些蛋糕来。"

他说着便离开，我还来不及对着他的背影发表什么阻止的言论，就听到背后传来一个短促的笑声，在这么吵闹的环境下还能听得这么清晰，显然笑的人就指望这声笑来吸引世人的注意力了，然而我也没什么特别的理由要让人失望的，于是立刻就转过头去。

入眼的是一个端着盘子的男人，盘子上放着五个尺寸中等的三明治，从松软的程度上来看应该是刚刚才做出来的，每个三明治都用三层吐司夹着，没有切边，泛起的颜色说明被烤得恰到好处，吐司里夹着生菜、培根和刚刚有些焦黄的煎鸡蛋，新鲜的番茄点缀其内，我觉得我的眼里基本就看不到别的东西了。

"还好我总是知道怎么样才能找到真正的食物。"那男人说，虽然是以笑声开场的，但他听起来就像是在为什么事不高兴一样，男人对于情绪的表达能力非常强，很有水平的让这两种截然相反的情绪同时体现在了一处。他把盘子递了过来，才说，"你不吃甜食。"

这下我就不得不抬眼看他了。

总的来说是个长相还算英俊的男人，但他自己似乎对这件事的掌握有点儿超越现实，装扮的风格明显和本人气质不符，说好听点儿是风流倜傥，说难听点儿就是油头粉面，而且明显是受了这个年代，就算是正处于青春期还偏爱二次元的我也完全搞不懂的娱乐风向的误导，在试图成为邪魅美青年的道路上走得极为偏颇，偏偏五官又还有点儿正经，于是整体就造成了这种一眼看过去心路历程还挺完整的奇特效果。

现在猫粮不在，也不会有人俯身偷偷告诉我答案，我只好主动在脑子里翻找了一下，可以肯定的是转悠第一圈的时候确实是没有见到过这个人，但是猫粮给我的备注我本来就记得十分不走心，翻了半天也没有翻到什么相符合的东西，倒是无意中在一个年代久远的角落里捞起一条老妈曾经给我的关于在外面不可以随便乱吃陌生人给的东西的警告，只有这个部分意外地反馈回来一点儿匹配值。

我只好干巴巴地重复了一遍："我确实不吃甜食。"

这场面实在有些尴尬，我不确定我要不要直接问他是什么人，听语气像是和我很熟的朋友，我虽然没有刻意假装自己还是28岁的那个凉夏，但是在不必要的人面前我倒也没有表明内核其实只有17岁的这个事实，何况那位28岁的凉夏根本就没有朋友，一般人也不是真的关心，随便糊弄糊弄就过去了，这种做法倒不是有什么特别的原因，只是顺应第一反应，就这么做了，如果非要说的话，可能是有点儿防御心理在里面。

就在我思考产生这样心理的自我成长和社会因素的同时，那男人正目光久远地看着一边，露出个有些厌恶的表情。我于是顺着他这个久远的目光看过去，看到隔着一个游泳池的猫粮，正站在蛋糕旁边等着。他表情平淡，随意地和袁小姐以及她那群人数众多的亲友团寒暄。郑先生大约是说了什么客套而恭维的话，袁小姐露出个极其受用的表情，远远看过去场面很是和谐，让我莫名地想起来，那个我，那个更加懂得这样的场面的我，和他站在一起的时候又是怎样一种场景。

我跑着神，看服务生分好了蛋糕，递给了他一份，他礼貌地接过来，道了谢，然后又多要了两块，那样子不知道为什么让我笑出了声。

然而就在这么短短一秒钟的时间郑先生朝这个方向看了过来，我也看着他，然后在四目相对的时候习惯性地伸出手，隔空划了一下，他露出个一闪而逝的微微诧异的表情，就好像那天站在货架旁，我们没有预期地四目相对的时候他的样子。

我脸上还挂着刚才的那个笑，却萌生了一种不合时宜的感觉，旁边有人看过来，笑着拍了拍他的肩膀，显然是在打趣他。他收敛了表情再没什么变化，却让我的胃里生出了一种空茫的感觉，有些温暖，又好像有些难过。

"为什么你们还没有离婚？"旁边的人不悦地说着。

我只是反射性地哼出了个上扬的音节，才想起来好像还有这么个人这么一回事儿，然后又用了一点儿时间才想明白他问了什么。

我皱了皱眉，这问题不管问的人、问的方式、问的内容简直都槽点不能更多。我拿起葡萄汁喝了一口，一边压下胃里那种奇怪的感觉，一边琢磨着该为这种问题做出点儿什么样的反应，不过我猜不管是我自己也好，还是28岁的那位凉夏也好，对这个问题也不过如此了。

于是我换了个方式说："这个问题我虽然听到很多人在问，不过目前为止除了我自己以外，其他人说的倒都是潜台词。"除非是另一种情况那就完全不一样了，"所以我是有承诺和他离婚然后嫁你吗？"

还是有捏着什么把柄吗，那可真是更加尴尬了。

他挑了挑眉，表情看起来有些意外，果然又是熟悉的环节，毕竟我和28岁那位凉夏文风完全不符，披着这层皮，只要字一多起来，立马就出戏了。

三明治倒是挺让人纠结的……

"我刚回来。"那人却另起了一个开头，表情怪异，像是酝酿着一个巨大的问题。

我心不在焉地灌着葡萄汁填胃，想着为什么会觉得吃不吃三明治是个纠结点，然而就在饮料刚刚滑到气管和食道的交界处的时候，就是这么故意的，我们的对话进行到了那个环节。

"所以她们说的是真的？"

"嗯？"谁说什么了？

"你怀孕了？"

我一口葡萄汁喷了他一脸。

他的样子倒是异常平静，没说话，没动，满脸滴滴答答的，却连眼皮都没眨一下。

我眼睁睁地看着新鲜的榨汁顺着他的脸颊流淌了下来，他伸出舌头舔了一下。

"葡萄汁。"

结论。

我立刻做出一个孕妇经常会做出来的动作，捂着胸口干呕了一下。

"不要做这么恶心的行为啊，所以你到底是听谁说的？！"我觉得我浑身的汗毛都竖起来了，仔细一想又觉得一阵悚然，虽然我对穿越之后的事情完全没有概念，但是我对穿越之前的自己具体是个什么状态更是毫不知情啊。既然可以毫无体感地就在脑袋上出现个疤，为什么不能毫无体感地就在肚子里出现个娃。

这么一想就觉得太有道理，于是我又立刻做出了第二个孕妇经常会做出来的动作，用手捂住了肚子。

对面的人几乎已经可以完全定论这件事了，他瞪大着眼睛看我，一副深受打击怒意丛生的样子。他反应这么大，我几乎立刻就产生了些不必要的思维发散，虽然到目前为止看起来还像是我强抢民男却又无从下手的戏码，但这个民男抢得太不符合一般规律，万一有点儿什么衍生情节，这其实是个相当没节操的故事怎么办？

然而我都不知道这个人是谁，脑回路这么一扩展，简直不可收拾地就往黑暗的部分进行了下去，眼前立刻就响起了走马灯的音乐，回溯起了生前各种事，但这个回溯意外地比想象中的快得多，实际上才刚刚回溯到明明只是普通上床睡觉，睁眼却在医院的那个部分就结束了。既然本体是因为车祸住的院，上上下下自然是已经查过一遍了，如果真有这种情况，就算医院不告诉我严岩也会告诉我的。

我立刻还原了所有表情，吃了个三明治压了压惊。

"所以你到底是听谁说的？"我两口吃完，舔着指头又问了一遍。

"这里很多人都这么说。"大概是我面部表情随着心路历程变化太快，他有点儿跟不上这大起大落终究归于平淡的强大内心，也不知该做什么表现了，只阴沉着脸，"听说你因为车祸住院了，伤势并不严重，但是却在医院待了很长时间，从那个时候开始工作上的事便一概不理，早几天还不许人探视，再出现就是这个样子……"他上下勾勒了我一番，"不化妆，衣服宽松，连高跟鞋也不穿了，还有这个——"他终于抹了一把脸，那些半干的水珠已经转变成了黏黏的糖分，抹得很是不够潇洒，一旁不动声色听墙角的服务生小哥立刻见缝插针地递上湿巾，他擦干净了，才说，"满场都是酒精，你却在喝鲜榨果汁。"

我又想喷他一脸果汁了，按照这个标准中学校园简直成母婴基地了！

等等，这么一想好多事都太有迹可循了，所以公司里那些猎奇又八卦的表情既不是因为看见我诈尸也不是因为我穿衣风格突然变得特别清爽健康吗？所以好好补补身体补的也不是我一个人的小身板儿吗？

所以我已经从要不要随便上去看看办公室怀孕到现在了吗?

……你们这群死大人……

还没等我憋出个正确的吐槽姿势,对面人的目光就已经微微调整了焦距。我纠结着表情回头看过去,猫粮叔已经端着那三块蛋糕站在了我身后。

他扫过一眼剩下的三明治,没有说什么,只是把盘子递给了我,声音平白地说道:"我问了服务生,有一层是咸奶油蛋糕,你可以试试看,如果不行还有这块……"他冲其中一块儿点了点头,"我让他们帮忙切掉了奶油的部分。"

我的爆发好像突然就被当了机,我愣愣地看着他,一副鬼使神差的样子接过了蛋糕,鬼使神差地竟然产生了一种这东西看起来好像格外好吃的感觉。我伸出食指,挖了一块儿,嗯,居然确实蛮好吃的。

"而且你的食量变得很大……"背后有人幽幽吐槽。

"你给我住脑!"我忍无可忍,用还沾着奶油的手指比画了个剪刀手的姿势,把他卡掉,"这么强的观察能力,你是夏洛克福尔摩斯吗?"

"那你看出来我青春期长身体食量本来就应该这么大了吗?"

郑先生倒是很淡然,他将注意力转移到另外一个人身上,客气地说:"催先生,好久不见,什么时候回的国?"

对面的催先生也不情不愿地看向他,表情和态度变得很是节制。

他不冷不热地说,"前两天刚回来的,今天出来见了几个朋友,碰巧听说衷总生日,就跟着上来凑凑热闹,没想到会在这儿见到凉夏。"

"倒是没听她提起过。"说到不冷不热,郑先生的级别完全是浑然天成融入日常，他看了我一眼，"还不知道你们认识。"

我原本吃着蛋糕散着神，听到这句话忍不住咦了一下，原来你不知道吗，还指望着郑先生事后能给我扫下盲，结果你都不知道我们认识，那我就更不知道我们认识了。

而且也没有听其他人提起过，我深深地看了一眼这位催先生，明明出场的时候听起来是很熟的人，结果存在感薄弱到这种程度吗？不不不，这样反而更加可疑起来了啊。

"几年前一个项目，有过几次来往。"催先生也深深地回看了我，露出个让人担心他追忆过度的微笑，"那个时候凉夏还是亚信商务部的部门经理。"

"那确实是很早之前的事情了。"我随口刷了句台词了事，感觉怎么连这个部分也听起来不像是很熟的样子。我在心里默默地计算我传说中的职业生涯，按照严岩的说法来看，未来的我还在念大学的时候就开始在老爸的公司实习，毕业后正式入职，再没多久就开始担任部门经理的职位，差不多应该就是那个时间段了。我琢磨完了，获得了一些完全没有用处的信息。

"五六年了。"他点点头，也确认了我的想法，"这几年我大部分时间都待在国外，偶尔回国，凉夏也是大忙人，没怎么找到机会见面，一直挺遗憾的。"

听起来介于诚恳和客套之间，难以判定，不过究竟什么人仅仅是只有过几次来往，五六年时间没怎么见面，见到的第一面就问人家怎么还没离婚的，还知道我不爱吃甜食，虽然两者都不算是什么秘密，我倒是愿意相信多半还是有点儿衍生情节的，否则只有大叔一个人显得人气旺盛、受人欢迎多不公平。

"这次回来短时间应该是不会走了。"对方还在继续，他扫了一眼猫粮，才对我说，"这两天还有些杂事需要处理，等差不多安顿好了，我约上几个朋友，到时候聚一聚？"

不约不约，叔叔，我们不约！

"有机会。"我没说好也没说不好，老爸说过不熟的人之间没有目的的邀约基本等于胡扯，所以相应的呼应一下就好。

这么一呼应就突然觉得对爸妈言论的引用有点儿过多啊，原来不管再怎么排斥，爹妈平时说过的话我居然都记住了……内心情绪立刻就复杂起来了。

他点了点头，仅出于礼貌地看了眼猫粮，之后把三明治留下就离开了。我看着他的背影和他走向的被一众莺莺燕燕包围着的几个人，大约就是他说的跟着来的几个朋友，始终有种说不上来的怪异的感觉。

我问猫粮："所以他是谁？"

"催尚杰，催家的二公子，"猫粮若有所思地说，"算得上是竞争对手。"

他的样子多少有点儿令人怀疑，也是，他不熟的人表现得和我很熟，想想确实挺空虚的。

"哪个方面的竞争对手？"我于是更加故意曲解他的意思问。

他斜眼看我，不太愿意搭理我的不良思路，但还是从正经的方面回答了我的问题。

"曾经想要收购我父亲的公司。"

……这样一想结果是和我竞争着抢这位大叔吗？怎么会人气高到这种程度？！

"那么下一个问题！"反正赢了也就不计较这么多了，我干净利落地扫完那三块蛋糕，口感滑腻，正适合来点儿培根三明治漱漱口，我咬下一块嚼着，"你知道我已经怀孕差不多两三个礼拜的事情了吗？"

他猛地看过来，反倒吓了我一跳，但随即他的表情转变成一种看异类的样子，大约是反应过来了，不明白为什么我要用如此扭曲的方式来表达，真是一点儿也不懂我越是讨厌一件事提及的时候就越要翻出花来的语言风格。

"满场子的谣言？"我提示他。

"……知道。"他最终说。我想起来刚才旁人打趣他的样子，八成和这个也脱不了关系。

"所以你没想着怎么辟一下谣吗？"

"那么你怀孕了吗？"他反问，却并没有真的在问的意思，显得有点儿没耐心，大约是觉得讨论这个有点儿荒谬。

"不知道。"我故意说，多少有点儿赌气的成分，"毕竟我一下穿越了10年，不太跟得上进度。"

他没有说话，我于是继续发挥："但是这么一想就合理多了啊，比如我胁迫你和我结婚，还有死活不和你离婚，也许只是因为遇到麻烦的时候恰巧遇见你，恰巧你家的公司正在经历危机，恰巧我对你有了可乘之机，恰巧你不过是我借用来掩盖我不可告人的情——"

我停住，默默地看着郑先生，看着他在我视线边缘处，捂着我嘴巴的手，只能看到袖口处骨节分明的手腕。他的手心干燥温暖，贴在我的皮肤上，就好像被喂进了什么，在胃里生根发芽。这感觉太具象化了，让我一时有些不知所措，只能默默地，默默地，把嘴里的三明治嚼了嚼，咽了下去。

"不要这样说自己。"他说。

我垂下眼睑。

可是我不明白。

第八章

所以我们现在
做朋友也不迟啊

still

a

minor

at

28

"唔……"

"又怎么了？"正坐在沙发上平定心神的猫粮不爽地问。

"没……"我赶紧收了声，低头扒拉了一口面，用力地嚼着。

非常地用力。

在分完蛋糕之后没多久我们就撤离了，大约那之后就是酒精和群魔乱舞的主场，不太适合我这个"孕妇"，于是我在各种一旦知道了事情真相再看果然是别有深意的笑容中憋闷得离了场，太憋闷了，憋闷得都加快新陈代谢了，憋闷得我坐进车里说的第一句话就是"来，把袋子打开，虽然是猫粮，我也吃了"！

他一脚就踩到油门儿上了。

然后就到了现在。

"慢点儿吃。"猫粮叹了口气，伸出手拍了拍我的头说。

"猫粮……"我居然感受到一丝传说中宠溺的温柔，抬起头立刻看见眼前已经由不爽转化为一脸无奈的男人，我赶紧在眼里挤出来一汪泪水，忽闪忽闪地看着他，"真的好难吃啊……"

他冒起一根青筋，慢慢地，慢慢地，把手收了回去。

"自找的。"从牙缝里挤出来三个字。

"说得是，这次就连我也心生愧疚起来了……"我吸了吸鼻子，果然演技太过浮夸，挤出来的眼泪不成型，又回去了。

虽然他确实是说了先带我去吃点儿东西再回去，但是我也确实作天作地地表明了不管发生什么事我都要先去洗澡的态度，毕竟睫毛膏还没有随着我的眼球融化到灵魂深处已经是灵异事件了，还有其他黏腻在我脸上的东西，只要想到它们的存在我就觉得发自内心的僵硬，于是仗着吃了蛋糕又吃了三明治垫过底了，以及就算不利己也要损人的迁怒精神，我严正要求他给我下厨，他给我做饭，他亲手做的饭!

所以现在后悔了。

所以这次就连我也心生愧疚起来了啊。

真的是地球上任何一种语言都难以言喻的味道，非常之难以言喻，就连中华小当家都无法表现出来的味道，并不是具体的难吃或者味道怪异，而是用粗壮的方式描述就是，吃进去是一种味道，嚼的时候是一种味道，最后咽下去是一种味道，还回上来又是一种味道，关键都还不是什么好味道，简直让人怀疑是不是放入里面的主食配菜调料全部各自按照排列组合顺序彼此互相结合了一圈，有几个可能还发生了点儿化学反应生出了新的物质。

就是这么难以言喻。

我暗自颤抖，难不成这位先生就是传说中饮食界的神之一手吗?

乍看之下明明一副上得了厅堂下得了厨房的完美表象，我这什么眼光啊，这回看走眼还走的不是一两光年。

"难吃就不要吃了。"他稍稍有点儿别扭地移开了视线。

我稍感放心，损人不利己的初衷也只是看到这样的光景就算是达到目的了，也不枉我要赖装乖装无辜装可怜装狠威逼利诱勾引，总之

什么都过了一遍，他终于围着张阿姨的小围裙进了厨房，等到我舒舒
爽爽洗了一个舒服得都晕堂了的澡，就看到这位先生居然跑到网上扒
拉下来一张煮面的食谱正在耳朵红红地分析食谱上常常出现的"××
适量"中的"适量"二字是个什么概念。

不过是一碗面而已，我已经笑到满厨房打滚了。

并且深刻地怀疑明天张阿姨要是问起她神圣的工作场地被什么东
西过了一遍的时候我估计我还得再滚一次。

然后吃到这碗面的时候我就扑通滚到沟里去了。

"没想到现世报来得这么快，你也算是百年难得一见的人才
啊！"我噗了一声，"我都心生敬意了。你不是曾经留过学吗，我还
以为自己在外生活过的人都自带日常生活18项全技能。"

"餐厅，食堂。"他哼了一声说。

"……所以这是你第一次做饭？"我艰难地说，在受宠若惊和我
怎么这么倒霉的选择里简直没有丝毫的障碍，"说好的留学生一开火
三分钟认识全楼的人呢？"我半开玩笑地引用之前在网上看到的一句
话，知道以他的条件还用不着省吃俭用。但话又说回来，难道不是因
为吃不惯才逼着自己动手改善伙食的吗？

一想到这里我立刻形容严肃地问他："话说面出了锅你自己有没
有试吃一下？"

一段让人窒息的沉默。

我开始默默地用筷子卷啊卷啊卷，卷了一大坨出来，然后抬眼等
着他回答。

他看了我一眼再看了面一眼，抿了抿薄唇："没有。"

潜台词是他还没有那么傻。

"这么有纪念意义的事情不要错过。"我一手捏着筷子，一手接着不知道会落下的什么东西，蹭蹭蹭地挪过去，亲手将面喂到他嘴边，预支了可能下辈子才会有的温软贤淑，满心期待地看着他。

他反射性地往后躲了一下。

"能成为你亲手做的第一份食物的试吃者我表示深感荣幸。"如果努力的程度能够聚现成眼睛里诚挚的光芒的话，我的眼里现在八成都能看到银河系了。

我用整个银河系闪烁着他，心中默默地想着他要是不吃我就把要赖装乖装无辜装可怜装狠威逼利诱勾引再来上一遍。

然而他沉默了一个世纪那么久，终于慢慢张开口，就着我的手吃了下去。

然后脸上立竿见影扭曲出四个表情。

我想按照顺序大概分别是吃进去、嚼的时候、咽下去以及回上来。

这场面实在太高端，自从这不停丢彩票的穿越以来，我觉得已经好久都没有这种开心的感觉了，于是更加笑得停不下来，终于瘫在沙发上放声大笑到一直滚落下沙发糊在地上。

喘不过气来的时候听见旁边传来低低的有些无奈有些妥协的笑声。

慢慢地笑声变得越来越大，虽然不能和我满地打滚相比，但也算得上是开怀，像是从胸腔里发出来的声音，在空气里低低震动着，在我心脏上微微产生着共鸣。

我还是第一次听见他这样笑出来，那样子看起来有种意外的真实。

我躺在地板上，仰着头看他，视野变成了一个很荒谬的角度。我看到天花板，看到桌子角，看到沙发棉线细密交织的边缘，我看到他在笑，他笑起来的样子很好看。

"要不是这几天的经历，我还从来没有想过会在你的脸上看到这么生动的表情。"他止住笑，舒展着眉头看我，却说了我想说的话，"在此之前我总是倾向于你是没有感情的。"

"倾向于？"我重复着，"就是你说的那个物化的过程吗？"

他没有说话，只是伸出手，我在反应过来之前就把自己的手伸了出去，任他把我拉起来，安置在沙发上。我随手抱了个垫子过来，摆出防御的姿势，总有一种要严肃谈话的不幸预感。

"你所有的行为都好像只是在遵循着某种严格的规范——"他盯着我的眼睛说，"好像自己给自己制定了一个规则，不会失格，不会动摇，没有丝毫的怜悯。"

我愣了愣，尝试着去想象那样的感觉，虽然自己对全盘反转这件事已经从一开始就难以理解无力吐槽到了现在，但是却从来没有想过如果这一切都是真的，那究竟要怎样做才能实现到这么离奇的局面？

"听起来是个很厉害的人物！"我这么想着，扯出个难看的笑，"所以我是该对自己居然变成了如此有技术难度的人表示充满希望呢，还是该难过现在的我究竟是被未来的自己讨厌成什么样了才能做到这种程度的决心呢？"

如果说性格决定了人生，那决定性格的又是什么，思想，情绪，观点，信念，感知，态度，这是我17年积累下来的，造就了我这人的经历，却被作为反面的标准被全盘否定，所以我这17年的人生是如此徒劳而错误的东西吗……

　　我有些茫然地看着猫粮，他也回看着我，带着一种更加深沉的探究，却又一如既往地保持着疏离的距离。

　　我反倒无法继续下去，尴尬地移开了视线，看到一边被我移开的面碗，这东西一旦失去了调笑的心情，不过是一碗味道极端诡异的反社会物质，怪异得让人难以下咽，我多少带着点儿逃避的意味起身，直奔厨房，想在冰箱里找出些张阿姨留下的还没有被郑先生糟蹋完的食物，却只看到一小堆啤酒，在冰箱灯亮起的时候默默地蹲在那里。

　　"你知道……"他的声音在我身后响起，更像是自言自语，"如果我们没有这样的关系，而是以另外一种方式早点儿……"

　　他停下，早点儿，早点儿是在哪里，是在他不知道的时候我抢了他的游戏机，还是在我不知道的时候留下一大堆威胁他的话然后爬上树翻过二楼的阳台，这不过是些无关紧要的小事。那种，如果我们没有这样的关系，可以一起感慨人与人之间的际遇真是奇妙的小事。

　　我移开那一小堆的啤酒，在它们后面把一小瓶辣椒酱拖了出来，转身回到沙发上。

　　"这几天我总在想……"我挖了半瓶辣椒酱放到面里，用筷子拌匀，感觉排列组合又多出了一个重量级的元素，我旁若无人地搅和着，接着说，"如果我听完了自己这10年的故事，又或者是所谓的恢复了记忆，而这一切又不是穿越的话……我是不是又会变成那个完全相反的自己，不知道跟谁堵着气，继续做着那些讨厌的事……可是，仍然，一点儿真实感都没有，就好像只是读了本书，看了场电影，就算投入再多的感情，我自己仍然还是我自己，还是我漏洞百出的人生。这之间到底有什么差别呢？"

　　"你可以赞同你所看到的，但是只有你所经历的那些，才是让你深信不疑的。"他说。

"……"我有点儿无语地看着他，认真地跟他商量，"你这么简单就说出答案会让我的困惑显得非常没有意义诶……是不是所有小孩子困惑的东西在你们这些大人眼里都显得如此简单？"

"……不！"他想了一下才说，"或许只是成年人更加清楚，所谓的道理不过是些空泛而无用的东西，就好像废话一样，于是更加容易说得出口。"

我更加无语地看着他，这种熟悉的感觉果然是一脉相承，只是那位残酷的大人在说出残酷的言论的时候多少还有一丝不善与小孩子相处的犹豫，这位儿子才是青出于蓝而胜于蓝，蓝得都发黑了。

我把终于拌匀了辣椒酱的面塞了一口到嘴里，那口感简直艳压群芳，在我反应过来之前身体就已经自觉摆出思想者的造型，这个回味简直漫长到我都开启走马灯思考起人生了。

"不管怎么说这是我应得的。"我深深吸了一口气，终于等到那阵余味过去才说，就连猫粮都露出一副不忍的表情，"所以我们现在做朋友也不迟啊。"

"朋友？"他重复了一遍。

"是啊，互相了解嘛。"我吃下第二口面，感觉一旦底线被突破以后也就没什么不可以接受得了，到第三口的时候这口味已经诡异得有点儿萌了，人类的适应能力真是可怕。

我想了一下，拿起辣椒酱的瓶子看了一眼，包装设计特别朴实，单刷辣椒酱的话这个味道居然还挺不错的："如果你把我当成独立的个体的话，我回去之前的这段时间我们其实是可以做朋友的。"

"回去之前？"他的样子看起来彻底被我弄糊涂了，这不能怪他，毕竟在表达穿越这件事上也没有个什么指导性文件。

"我还是心存期待我能回到我自己的时态里的。"我补充，"毕竟我只是个傻乎乎的高中生，而且我刚刚考完高考，除了怎么爽快地玩以外不应该思考更加复杂的事情了。这件事总得有点儿什么启发性吧，比如追求自己的理想却无论怎样都还是失败，在不喜欢的事情上有着莫名其妙的天分，真的很莫名其妙啊，但是我还是觉得，虽然选择了这边好像风生水起的，又是什么副总经理，又是什么扩大经营的，但还是不想要这样的人生，现实得有点儿太让人难堪了。"

"17岁吗……到底是什么让你变了那么多？"他若有所思地说，好像有些犹豫，却最终还是伸出手来。

我没有避开，只感觉他的手指擦过我的脸颊，过了一会儿我才反应过来，大约是我脸上沾了东西，他帮我擦掉，只是这样没有含义的轻微接触，我却觉得自己心跳得厉害。

"那些让我相信的经历过的事情吧。"我微微偏了头，对心跳的方式有点儿自我嫌弃，和他这样聊天的感觉难得的平和，"那些对现在的我来说还是未来，就算知道了也无法理解为什么就能改变人生的事，大概真的经历的时候就是很艰难吧。"

"如果就一直这样了，你打算怎么办？"他问，似乎有意避开了穿越的部分，大概是不愿意面对这么超自然的现实，这样即便是我之前说的是出了车祸脑子撞傻了，也还是可以聊得下去。

真是讨厌……

我想了一下，不知道该如何回答他这个问题，我甚至不知道该如何回答自己这个问题，只能抓了抓脸颊："我有一个喜欢的人，有一件喜欢的事，我周围的人都对我很好，大家都是努力生活的普通人，而且就算从这个未来来看，我的成长都没有灰暗到哪里去的。倒是年轻的心啊这种东西本来就脆弱，考砸个试都可以不对人生抱希望，丢掉只宠物就决定再也不要喜欢上任何东西，而失个恋，那基本上就是一切了吧，所以这10年的人生我究竟在别扭些什么其实也蛮容易理解的。"

　　我偏过头，隔着窗户的反光看那个倒影在黑夜中的自己，突然有一点儿体会到那种难过的心情。

　　"我自己也知道，我这个人性格不太好，喜欢什么就会异常执着，还容易走极端，"我继续说着，"也许就像严岩说的那样，人在成长的过程中自然会有所改变，这是再正常不过的事了。就好像行走时一点点偏移的路线，在脚下的时候感觉不到有什么变化，可是一年一年地偏移着，有一天回头看的时候，发现早就与最初的自己背道而驰了，未必是好，也未必是坏，但总有它的道理可言。其实大多数人都这样，只是程度多少上的差别罢了，不回头看其实也没什么，我这样只不过是极其特殊的情况，一下子跨越了10年的时光，所以显得反差特别大无法接受而已。所以，如果真的回不去了，大概就只有接受28岁的这个人生，然后用17岁的方向走走看了。"

　　静默了一下。

　　"你很喜欢他？那个医生。"好半天他终于开口了。

　　"然而我感慨了那么半天的人生，你就注意到了这一个重点。"终于有了点儿人夫的样子了呢，猫粮君，"我真是白说那么漂亮的话了。"

　　我慢慢地慢慢地将眼睛眯成一条缝，无言地谴责他。

　　"不！"他没有半点儿愧疚的意思，"我只是在想你17岁的……

方向。"

真是无言以对。

"是啊，我很喜欢他，我从很早之前就开始暗恋他，我们一起长大，这感觉漫长到我都不知道是从什么时候开始的了。"我承认，有点儿自我嫌弃，觉得今天话说的太多了，都是些幼稚的话，只有我一个人在说不停的，但是他就这么静静地听着，给我的始终只有平和的感觉，好像一切难堪的事情都变得很简单。我想起最初和他一起吃比萨时的样子，因为对这个人全然不在意，所以多半是自言自语地说了很多话，现在还是这样不停地说着，但总觉得有什么不一样，却又觉得没什么不一样。

"我总以为我喜欢他喜欢得明显到全世界的人都看得出来我喜欢他。"我想着严岩，继续说，"可是我又有点儿怕他是真的看得出来，只是因为不喜欢我所以才假装不知道，但是后来我才发现，原来你眼里已经有一个人的时候，是看不到另外一个人在做什么的。"

"也算公平。"他点点头。

"是啊，也算公平。"我重复着他的话，把脸在抱枕里埋了一会儿，才越过黑暗的边沿抬眼看他，"你会告诉我一件你没有告诉过别人的事吗？"

"为什么这么说？"他像是没想到我会这么问，有些意外的样子。

"因为公平啊。"我并不想知道他的秘密，而我的，他大约也不会在意到想用自己的来交换，所以所谓没有告诉过别人的事，也可以定义为一些没有说过的不值得言说的事。

我并没有多加解释，但他看起来就像是理解了，只是轻皱了眉，想了一会儿才说："关于我们的婚姻，你说过正常的部分，我并不觉得那是正常的。"

"我说过正常的部分？"那只有一个部分了，"你是说外遇吗？"

他点了点头。

"我对婚姻，有着传统式的尊重，即便是我们这样的，我仍然希望保留尊重的底线。"他顿了顿，"只是这句话说出来太过虚伪。"

我看着他，眨了眨眼睛，又眨了眨眼睛。

"啊！"反应过来了，"也就是说你们没有……"我含蓄地比画了一下，随即嫌弃地看着他，"精神出轨更渣好吗，还耽误人家姑娘那么多年……我已经不能直视你了呢猫粮叔……"但是想想又觉得不太对，明明是我强抢的民男还死活不和人离婚，"但是你确实耽误人家好多年……"仔细一想也是因为我耽误了他好多年他才耽误了人家姑娘好多年……"但你要是真的保有尊重就应该跟人家姑娘断干净……"不一开始就说了确实是想离婚来着……而且也不知道那个姐姐是什么心路历程……

"没错，这确实是句不要说出来的话……"我最终断言。

他没有说话，只是看着我自己在原地打转，弯了弯嘴角，有种奇妙的坦率的样子。

我突然觉得想笑，就笑了出来："好吧，刚才那段就当作没有发生过……"

我把脸贴在抱枕上歪着头看他，一直保持着一个平调嘿嘿嘿嘿地笑了个够，才继续。

"严岩喜欢的是白晓柠，所以我是那种还没有开口就被拒绝掉的人。”我说，“和严岩不一样，晓柠和唐拓，我们是高中的时候才认识的，晓柠是我的同桌，下铺，后来成了我最好的朋友。我们四个总是在一起，一起念书，一起看动画，一起买漫画，一起打电动，一起钓鱼，一起爬山，或者什么都不做，就这么待在一起，坐在路口的花坛上，喝一杯奶茶，看着来来往往的人。高中真的是很痛苦的时光，每天都为着高考积累压力，可是一旦越过了最终为之努力的那一天，突然发现留存在记忆里的居然都是些美好的东西。”

就像现在的我。

他点了点头，没有肯定也没有否认，我不知道他是否也有同样的经历，还存有同样的记忆。

“就像漫画里画的那样，他给她留了封信，放在抽屉的最深处，约她下了晚自习在教学楼后见。他一早就跑去那里等着，但那天她突然有事，一下自习就急匆匆地走了，书包拉出来的时候挂落着信纸掉在了地上，她没有看到。”

却被我捡了起来。

折叠得整整齐齐的格子信纸，异常工整地写着邀约的话语。

“后来呢？”

“后来我去了纸条上写着的地方，但是却连出现的勇气都没有。”我想着那天晚上，严岩站在路灯的光晕里，我在转角处的黑暗里看着他。他等了很久，我看了很久，一直到宿舍熄灯，他知道她不会来了，于是伤心又有些不知所措，直到雨滴滴落在他的脸上，他伸出手，半仰了头，露出苦恼的表情。

“所以你看，我人生中最像漫画的场景居然是这种狗血。”我嫌弃地撇了撇嘴，“而且我还演了个反面人物。”

　　第二天严岩就像是没发生过这些事一样，我们四个还是一起念书，一起玩耍，一起经历着高中所剩无几的时光。我总想着一有机会就把这件事告诉他们，可是大概对于一个根本没有勇气的人来说，永远都不可能真的等到什么机会。

　　"然后我就来到这里了。"我耸了耸肩，这并不是多久远之前发生的事，"所以如果这真的是我的10年之后，我最想知道的大概就是我到底有没有把这件事告诉严岩，这想法挺作弊的，或许这就是我穿越过来的原因。但是我不敢问，我只知道晓柠现在在日本，不久之前刚刚结婚，严岩说这10年她去过很多的地方，就像她一直向往的那样，然后遇见了一个倾心的人，结婚，定居，她一直都是这样，好像永远都知道要做什么，怎么做，然后朝着那个方向头也不回地走下去。但是我们似乎已经很多年都没有再联系过了，我不知道是不是因为我，还是就只是另一个物是人非的故事。"

　　可是物是人非的故事也一定是我的错，看看现在我的样子，连我自己都不太想理。

　　"你总是这样吗，为所有的事情自责？"

　　"太自大了吗？"我想起他的话，笑起来，"有什么办法，我还是小孩子嘛。"

　　他没有说话，我只能当他默认，这多少让我有些自暴自弃起来。

　　"你一定觉得很无聊吧？"我保持着脸上的笑，翻了个身仰躺在沙发上，"反正就是些很幼稚的故事。人家说三岁一个代沟，你跟我之间都沟出一个马六甲海峡了，被你笑话我也不算亏。"

　　结果那边就真的笑了一下。

　　"这种时候你其实可以不用那么给面子的……"我挂着黑线开

口，却看见他站起来，在我仰躺着的沙发旁边坐下，背靠着沙发，用后脑勺对着我。

"都一样。"他点了支烟，"成人的爱情不过是再加上欲望和利益，嘴上却说着要追求真爱，不是还要幼稚吗？"

声音里有了不加掩饰的疲惫。

我盯着他的后脑勺看了一会儿，看不见他的表情，只有凉薄的烟雾慢慢升起，散开，却仍然在他的头顶越积越厚。我从未见过他抽烟，却总是在他身上闻到烟草的味道，这个想法不知道为什么让我有些难过，我默默地翻了个身，蠕动了一段距离，然后伸手够到目标，又蠕动着爬了回来。

"你抽烟就算了还专门跑到我旁边抽。"对着还在冒着烟污染空气的目标扣动扳机，浇花的花洒里喷出一小注水。

扑哧……为民除害。

……

我被拎着领子扔回房间了。

第九章

我 不 喜 欢 现 在
这 个 发 展 方 向

still
a
minor

at
28

　　"欢迎光临。"一个甜美的声音在我身侧响起，我回过神来，偏头看到一个戴着黑框眼镜的女孩，正笑眯眯地看着我，"好久没有见到你了呢。"

　　好久没有见到了？

　　"是吗？"我随口回应着，女孩穿着白色衬衣，黑色长裤，一条咖啡色的长围裙围在身前，围裙的胸前还别了个印着Logo的图章，手里拿了一个黑色的小本子，明显是个服务生的打扮。我于是快速看了四周一圈，装饰简单的门面，占地不大，色调偏暗，店名里有着咖啡的字样，旁边是一块半人高的木质人字看板，上面用手书写着今日提供的简餐，而我手上正拿着和店铺同名的储值卡。

　　于是我收敛了表情："已经很久了吗？"

　　"是啊。"那服务生小姐想了想，"大概一个多月了吧。最近很忙吗？"

　　"啊，家里有点儿事。"我含糊地说着。

　　对方了然地笑了笑，没有追问。

　　"还是老位置？"

　　"好。"我点了点头，跟着女孩走进店里，她把我引到一个离门不远靠着窗户的位置。

我往外看了看，正好一窗之隔，就差不多是我刚才站在店门外发呆的地方了。

我又看了一会儿，才慢慢地打量起这家店。

店内空间比外面看起来的要大很多，和它的门面一样，整体色调偏暗，从装修到氛围走的都是蓝调风格，松散过了头，也舒适过了头。店里顶灯不多，瓦数明显也不高，光源主要来自于各处区域里安置的落地台灯，这些区域按照某种精巧的方式被隔成一块块大小不一的隐匿空间，一人，最多三人，落地灯的光亮包裹着这些空间，灯光按照个人的需要调亮或者调暗，并不会打扰到周围的客人，显得隔绝而私密。

店里甚至没有放什么乱七八糟的音乐，安静就像是在这种氛围下自然而然生长出来的东西，在这里所有人类活动的声音就好像白噪音一样恰到好处，特别适合夜生活过于丰富无法直视白天的人，而客人显然也没有辜负设计者的这一番理念，虽然人并不算少，却连个打电话的都没有，不是捧着电脑敲敲打打，就是摊着本子写写画画，还有两个仰着脖子，把书盖在脸上睡得挺香的。

总而言之就是个逃避人生的好地方。

所以又是好久不见又是老位置的，这是除了面店外又另找了个据点吗，难怪老板说不太常去了呢，咖啡简餐加布鲁斯，相当有情调嘛，是越大越瞧不起呼噜呼噜地吃面吗，真是让人发自内心的鄙视呢。

然后我立刻就被桌上的菜单吸引了全部注意力，服务生小姐放了一杯蜂蜜柠檬水在我手边，为我翻开了第一页，之后就静静等着我点餐，没有问我是不是吃的也是老样子，不过我想就算有我大概也不会遵从了，菜单上简直每一样都看起来好吃之极，中式西式都有，甚至还有日式料理，瞬间就原谅背叛面店老板的另一个自己了。

"刚刚在看什么，那么专心？"女孩一边按照我点的内容飞快地操作着手上的仪器，一边用闲聊的语气问我，就是那个黑色的小本本，一样的尺寸一样的外形，真是想不到现在就连点个单都是电子的了……所以有时间搞这些多余的事还不如给我好好的开发时光机去啊！

"我是觉得对面那家店的桌布挺好看的，就多看了一会儿……"我偏过头，看向对面隔着一条马路的另外一家店，那是家甜品店，店面倒是不大，只是刚好占了一个转角，多出来一些外部的空间，于是便沿街搭了个小小的花坛，围住几把阳伞和几张桌子，店面的主色是明黄和浅绿，轻快明亮的风格跟这边完全相反，就连店员的制服也是浅浅嫩嫩的搭配，此时阳光明媚天气正好，有一种从店面到风格都透露出徐徐清风的感觉。

"是挺好看的。"服务生小姐也顺着我的目光看过去，微笑着点了点头，"跟我们家的桌布是同一个地方买的呢。"

"……"我看看她，又看看眼前的桌布。

还真是。

"但是我进来之后就发现，这里居然还有更好看的桌布。"我维持着视线的方向，立刻装出一副专业鉴赏的样子，抱着胳膊，用食指在嘴唇上点着，表情极其肃穆。

服务生小姐的眼睛越发弯了弧度，笑容更加甜美了。

"这是本地一个独立设计的居家品牌，设计师在国外获过奖，回来以后开了这家店，他家除了桌布，还有很多家具和家居用品，设计精巧，不但漂亮还很实用，如果你感兴趣的话我可以把他家的地址抄给你。"

"好啊，那就麻烦你了。"我不客气地点了点头，就是想看她正儿八经地用笔墨在纸张上写点儿什么。

但是没有。

服务生小姐让人忧心地在设备上又是一阵操作，最后点了一下作为结束。

"我已经将地址发送到你预留在我们店里的手机号上了，还有官网地址，支持网上购物。"她甜美地说，"邮箱我也发了一份。"

"……"我竟然无言以对，默默看着桌布，觉得内心很荒芜，所以这10年间人类的科技全部都发展在通讯和移动设备上了吗……

"最近是有发生什么好事情吗，你看起来心情不错？"服务生小姐还是那种闲聊的态度，她一步都没有离开，但是我点的食物已经陆陆续续地从厨房里端上来了……她将托盘上的食物拿出来，摆满我的桌子，我瞄了瞄她的设备……也不是没有道理的。

"要是这样都算心情好……"我按着刚刚荒芜过的内心，"那我平时心情该是有多差。"

她倒是认真地想了想。

"你光临我们店快两年了……"她说，"这还是我第一次和你说这么多话。"

"是这样吗……"所以在别人看来我是遇到了什么好事，在面店老板的眼里就是发生了什么事故，果然还是老板懂我的灵魂，我怎么会为了点儿吃的就想要背叛老板呢，老板我对你死心塌地的。

"是啊，我们家是会员制的嘛，最注重的就是服务方面了，一直都是针对客人的喜好提供最具个人化的服务的。"服务生小姐非常珍惜我们的第一次，决定把两年落下的进度一次性赶上，"但是你一直没给我们这样的机会呢。"

然而为什么"不要搭理我"不能作为一种风格……

"而且难得你吃些东西，以前总是只点一杯咖啡，我还以为我们家的餐点不合你的胃口。"所以才不提示老样子吗？服务生小姐简直是帮我补充背景知识的存在，真是不能更加需要，我表示愿意和她一同赶一下进度。

"嗯，是啊，因为怀孕了嘛。"我不负责任地说。

"怀孕？难怪。"她先是惊讶了一下，随即立刻接受了这种设定，一脸这样就解释了很多事情的表情，不知道自行脑补出了个怎样的故事，接着她又像是突然想到了什么似的问，"你先生呢？怎么没有和你一起来，放你怀着孕还自己一个人在外跑。"

我脑子里自行就冒出来郑先生那张一本正经过分严肃的脸，还有他喝咖啡的时候握着杯子骨节分明的手指，我有点儿尴尬地清了清嗓子。

"……他在家做家务……"我说，考虑到公司是自己家的，这么指代真是别有一番风味。

服务生小姐露出一个了然的表情，我更加心虚了，毕竟我是半路逃出来的，因为年少无知，一不注意就把工作这件事搞得有点儿立意太高，以至于这两天不得不乖乖按点上班，但睡眠长度也没有增加，基本上时间都被我用来"补习动画和漫画"了，不过说实话就算再怎么喜欢看这种车轮战都会看腻的，这完全已经成为一种逃避人生的惯性了，然而因睡眠不足写满疲惫的脸最终还是让郑先生放软了态度，我才得以趁他不备偷跑成功，继续放任那些文件摞出山高，反正都已经摞了那么长时间了，没出事大概也出不了什么事了，而且我是直奔那台全透明景观电梯逃跑的，足以证明我的决心是有多么坚毅。

……虽然我上班时间睡觉还把工作推给下属，但我只是个高中生毕业的准大学生而已，本来就不是老板，不应该有任何身为老板的自觉才对。

"那也不该放你一个人在外面跑。"服务生小姐不赞同地说，手下不停，"我看了一下，我们家本身就提倡绿色饮食，食材方面，你点的菜里没有什么孕妇需要忌口的，不过我还是多给你加一个备注，让厨房注意一下调配。"

她这么认真，我反而对自己的胡扯有点儿不好意思了，道了谢，赶快把话题扯开。

我偏头点了点对面那家甜品店，用随意的语气问："对面那家甜品店是新开的吗？"

感觉一切装备都很新鲜的样子。

"重新装修后才刚刚开业的。"服务员小姐说，随即用半是惊讶半是玩笑的语气问，"你不知道吗？我看你总是坐在这里，看着那个方向，我一直以为你是在看对面那家店。"

"……只是在发呆而已。"我敷衍地说，注意力已经全在尝了一口的蛋包饭上了，真是难得看到图片与实际相符的餐馆，而且不但卖相好，味道也相当不错。除了蛋饼外，包饭里也炒入了番茄酱，带着点儿恰到好处的微酸，味觉愉悦到连我自己都快接受怀孕的设定了。

"那家店老板人不错的，长得很漂亮，又懂得经营，她家的甜品店已经在这里开了很长时间了，品质一直没变，口味却越来越好，回头客多，生意非常好。"服务员小姐立刻帮我定制了一个爱八卦的服务，讲解得很是完善，"老板还是单身，有很多人追的，但她说她有个一直在等的人，好像是因为什么原因分开了。她这么坚持，也不知道能不能等到。"

"这样啊……"我撑着脸看向那边，想了很多古今中外关于等待的爱情故事，悲欢离合了一番，突然想到个关键的问题，"她等的那个人还存在着吗？"

服务生小姐眼神诡异，缓缓地缓缓地看过来。

"……我是说他们是那种彼此还有来往暂时无法复合的模式，还是那种自此下落不明苦苦等待的模式……"这可是基础设定。

服务生小姐面带待客的笑容，摇了摇头，一副之前你生人勿近没跟你聊过天没想到居然是这种糟糕风格的样子。

"这个就不知道了呢。"她说，"毕竟是人家的伤心事，我们也不好多问。只是我们家主营咖啡和简餐，有时候会从她家那里进一些甜品给喜欢的客人，偶尔聊上几句而已。说到这个，外进的甜品我们没有写在菜单里，都是直接摆在柜台上卖的，客人都说她家的味道不错，你要不要试试，价格和对面是一样的。"

"不不。"我连忙阻止，"这个就不必了，我只是单纯好奇，本身不太爱吃甜食。"

服务生小姐上桌的手停了停，随即微微一笑，大约是在定制服务上又给我加了一条不吃甜食的记录。

然而我的好奇心也到此为止了，服务生小姐将最后一个盘子摆上桌，愉快地表示我点的食物都已经上齐了。我道了谢，就在我以为她要离开，可以好好品尝这桌食物的时候，旁边的窗子发出一阵轻叩的响声。

我偏头去看，显然对方敲窗子只是为引起注意，并没有隔着玻璃和我互相观赏的意思，我只看到个颇为邪魅的半张脸，留下个自认潇洒的残影，走在去往门口的方向。

我莫名其妙地看着他一路进门，莫名其妙地绕了一圈走过来，莫名其妙地在我对面坐下。

"咦？"我莫名其妙地发出了这样一个声音。

"艾丽，麻烦帮我煮杯咖啡，谢谢。"他对服务生小姐说道。

"真是魅力四射啊，催少。"被称作艾丽的服务生小姐还是一副笑盈盈的样子，但内核突然就换了一种画风，明显开了个嘲讽。

"拜托？"催少摊了摊手，露出个委屈又无奈的样子，服务生小姐瞪了他一会儿，才哼了一声，转身向柜台走去。

剩下我们两个面对面。

"我该说真巧吗？"我不愉快地叉了只小肉卷，一边放进嘴里一边抬眼看向对面的人，"为什么我有种这不是巧合的感觉。"

他没有回答我，只是用下巴点了点我放在桌子上的手机："我打了电话给你，但一直转到语音留言。"

"我也觉得这个功能特别的方便。"我表示同意，虽然电话响的次数不多，但每次都会让我非常焦虑，所以在医院的时候严岩就教我开了手机的免扰功能，之后这个功能就一直没有被关闭过，除了我爸我妈和严岩，其余的电话都会直接转到语音留言，我实在闲得没事也会听一下，但基本上所有的内容对我来说都是不知所云。

"我知道你经常会来这里，所以让她们帮我留意着，如果你来了就告诉我一声。"他冲柜台后的服务生点了点头，艾丽没有理他，好像全身心的注意力都在往咖啡杯里拉着花，另一个同样做服务生打扮的女孩在旁边看着，偶尔抬头瞟向这边，不小心四目相对的时候给了他个尴尬的假笑。

这节奏，熟门熟路就算了，怎么还兼代讨人嫌弃。

"所以你是变态吗？"只有这一个答案了，我把目光放回到他身上，这算是跟踪狂了吧，可以报警了吗？

"这里的出资人是我的……前女友，"他皱了皱眉，完全偏离重点地解释了起来，"她甩了我，所以……"

他比画了一下，一副你懂的样子。

我不懂。

"所以觉得对不起你吗？"服务生小姐准确地接过话，将咖啡放在他面前，"这倒也是呢，就凭您催少爷的家世和资产，如果不是花样作死的风格，谁会舍得甩了您呢？"

还是那副待客用的笑容，但嘲讽的意味更加明显了，可惜我连围观的兴趣都没有，只专注研究那朵拉花的姿势，做得相当精确，真是千言万语尽在其中。

催少爷不动声色地用勺子搅了搅咖啡，表情有点儿尴尬。艾丽嘲讽完倒是没有追打下去的意图，只是保持着微笑对我点了点头便离开了。

我也弯了弯嘴角算作回礼，再看向眼前这位跟踪狂，不知道该对他从哪个行为开始实施，考虑到我小学的时候是有学过一段时间的散打，不过当初就有点儿学艺懒散，加之这么多年荒废下来，也不知道身手还在不在。

"那天见面之后总觉得有些奇怪，这两天我找医院的人了解了一下你的病情——"反正杀气明显是不在了，对面的人无知无觉，只是用手摩挲着咖啡杯的边沿，说道，"你变得有些不太一样。我只听说你出了车祸，外伤并不严重，没想到会失去记忆，连性格都变了。"他抬眼，有些寻求确定地问，"你真的失去记忆了？"

为什么不问性格都变了的部分……

我看着他。

"所以你去医院打听我？"

"还有保险公司的调查员，我也和他谈了谈。"他接着说，对我语调中的聚气简直无知无觉，"你的理赔到现在还没有办下来，这其中有很多地方都有疑点，我——"

"你先给我等一下！"看他毫无自觉，我再一次咔嚓掉他，"所以你不只是去医院打听我，还去保险公司打听我，还让人盯着我？"我紧了紧手里的餐刀，将这三段概述出来产生了超乎我想象的怒意，"那我再问一次，你是变态吗？"

"……我是在帮你。"他有些哑然，但终于明白了我的意思，收敛了姿势，摆出一副诚恳的态度。

"如果你称这为帮忙的话，那我大概知道什么叫作花样作死了。"我也尽量压了怒意，实话实说，"话说你不是竞争对手吗，在帮我什么？"

"竞争对手？是郑伟嘉这么跟你说的？"他皱了皱眉，"你很相信他？"

相信他。真是个熟悉的问题，让我想起之前和郑先生那段关于信任的对话，他也这么问过我，你相信吗？

所以我究竟该相信什么呢？我连这个世界是否真实存在都不知道，究竟该拿什么来相信，事实上我甚至不知道信与不信究竟该如何定义，我不知道自己是否有过选择的机会，也不知道迄今为止，我所得知的事说明了什么，将会影响到什么，如果这一切都是未知，而我始终茫然地站在原地，那信与不信，究竟有什么不同？

"好吧，既然你已经知道我没这份记忆了，那这个问题我也问你一次好了。"我最终厌烦地说，"如果是你，一睁眼别人就告诉你，你失去了10年的时间，世界已经是10年之后了，你已经完全变成了一个不一样的自己，周围的人你一个也不认识，那么你怎么判定相信谁不相信谁的问题？"

他露出一个怪异的表情。

"保持这种感觉——"我在他可能说出任何话之前抢白，故作高深地哼了一声，"虽然我也不指望你能有什么体会。"

"你总是这样，对我抱有敌意。"他苦笑一下。

"所以你不反省一下自己的行为吗？"我吐槽，什么叫作总是这样……一上来就用这么自我惆怅的方式推卸责任，还不明白为什么吗？

"……对不起，我只是有些着急了。"他用手揉了一下头发，样子看起来有些挫败，但过分油光水滑的头发因此散乱地翘了起来，倒显得没那么让人讨厌了。

"你真该换个造型了。"我小声地说。

"？"

"好吧，"我放缓了语气，问他，"所以你刚刚想说什么，什么疑点？"

他反而有点儿不自在，换了个姿势，盯着我看了一会儿才问我："关于车祸的事，你还记得多少？"

"一点儿也没有。"我坦言，"我知道的都是别人告诉我的。"

比如说事故原因是方向盘突然故障锁死就直线开到电线杆上了，嗯，如果我没有在旁白里提及这个部分，一定是因为蠢得我连在心里想一下都不愿意想。

我毕竟年幼，加上自己也没什么兴趣，对车算是一无所知，跟大多数对车一无所知的人一样，除了睁眼一看就知道的部位，我最多也就多认识三样东西，刹车、油门儿、方向盘，还是因为电影、电视、漫画上常提到，但好歹也是知道都是干吗用的，因此完全不能理解在这场最终驾驶员一脸血趴安全气囊上的事故中，方向盘故障锁死，驾驶员为什么不能好好地踩个刹车……

虽然按照小严医生的说法，当时车速有点儿快，路况有点儿复杂，加上很多人在惊吓过度时的表现就是身体硬直丧失反应能力，就算好好地踩了刹车也不见得能在撞上电线杆前好好地停下来，尽管我深表怀疑，按照28岁那位的高冷设定，到底合不合适吓到失态……但是无论如何，毕竟我听到的时候临场感就已经跟我一毛钱关系都没有了，自然也就站着说话不腰疼地感觉十分嫌弃，而且就算真是吓的，这种吓法通常当事人缓过来的时候想想也都会被自己蠢到就算没有被动失忆也会主动选择失忆的。

没准儿这就是真相。

"那有没有人告诉过你，这辆车是挂在你们公司名下的，一直是由你们公司的司机负责维修养护，你平时开的是自己的车，因为进厂保养所以才临时用的这辆，现在保险公司还在调查事故原因。我想办法打听到点儿消息，他们在刹车线上发现些痕迹，有可能是事故本身造成的，也有可能是事故前人为造成的，现在还找不到决定性的证据，但如果是后者，那这就不是单纯的意外了。"

"刹车？"这里边怎么还有刹车的事儿啊，一提刹车就自带阴谋

flag，咱们就不能让无法判定车祸前伤的还是车祸后伤的就停留在脑子的部分吗……

我无力地扶额。

"但是我听严……我听我的医生说，这个车不就是因为方向盘什么的有问题，制造商才召回的吗？"具体我是不太懂的，总之就是这么个意思，"他还给我看过新闻，我只是在召回前就出事故了而已。"

"方向盘锁死？"他疑惑地问，"他是这么告诉你的吗？制造商确实是因为这个原因在召回问题车辆，但那只是其中一个批次的扭矩传感器存在质量问题，你那辆车不在这个批次里。"

"可是这没道理……"我脑子有点儿转不过来了……

"另外我也调查了一下你的医生……"他说，有点儿小心翼翼地，"我知道他是你的青梅竹马。"

"发小。"我干巴巴地纠正，不知道自己为什么要这么做。

"那你见过这个人吗？"他表情复杂地看了我一眼，从上衣内袋里拿出手机，点了两下，他的手机屏幕很大，至少比我的大得多，在全屏的状态下都能看出来上面显示的是个全英文的界面，并且可以确定完全看不懂。

他把左上角的配图放大，那是张经常在杂志或者什么类似的宣传材料上经常看到的那种风格的照片，一位年长的男人，抱着手臂在书柜前侧身而立，头发半白神态严肃，看向页面外的样子矍铄有神，旁边用大写字母加粗写着什么高深的东西，下面则是长篇大论，总之从头到脚都散发着一股要么此人成功要么此人权威要么二者其实是一个意思的气势。

　　我点了点头，我确实见过这个人，就在医院里，严岩跟我说那是他的导师，大部分时间常驻国外，这两天刚好回来休假，就请他过来看看我。那时候我刚醒过来没多久，整个人还蒙着圈，这位导师也只是扒了扒我的眼皮，问了我些奇怪的问题，我一问一答，一半以上不知道他问的是什么我答的又是什么，一半以下直接回答的不知道。就这么轮了两回就算被看完了，剩下的时间就是他和严岩看着各种检验报告来来回回地讨论，无非是哪个指数高哪个指数低的，建议开点儿什么药，调整什么药的配比，然后他就再没出现了。严岩说他回去了，至于讨论的结果，就是那个车祸后遗症慢慢就会好了的废话。

　　简直权威得无法反驳。

　　"那你知道这个人最引人注目的研究是什么吗？"这并不是问句，毕竟没人期许我真的能回答，他翻了几页手机，将那些看起来像是报道又像是报告的东西一层一层展现给我，有中文的，也有其他语言，合在一起我一个字也看不懂，他简要地概括，"治疗PTSD的方式。"

　　"PTSD？"

　　"创伤后应激障碍。"他简略地解释，也并没有好到哪里去，"简单来说就是一种精神障碍，源自人类精神所不能承受的经历，主要是亲历或者目睹一些重大创伤性事件的后遗症。"

　　"什么重大创伤性事件？"我有些哑然，感觉信息量太大完全跟不上进度，为什么会牵扯到重大创伤性事件这种词汇，谁经历什么重大创伤性事件了？

　　"不，关键不在于他治疗什么，而是他治疗的方法。他认为如果PTSD这种精神障碍源自于受创伤的记忆，那最直接的治疗方法就是消除大脑里关于这段经历的记忆。"

好像是蛮有道理的。

"我不知道医学已经能实现这种程度的事情了。"我用叉子拨弄着盘子里的食物，听起来真是越来越像电影里会出现的故事了，画风还完全不符。

"据说方案上已经相当完善了，只是临床上还缺少足够的数据。"

"所以你认为……"我选择着措辞，不确定地说，"我现在这个状态……是被人为消除了记忆？"

他没有回答，却也没有否定的意思，只是直直地看着我，好像这种不回避的方式能够加深什么可信度一样。

"因为车祸吗？"我试探着说，想来想去也只有车祸比较接近所谓的重大创伤性事件了，虽然蠢是蠢了点儿，但毕竟也是蠢出了一脸血的，我试着解释，"因为被车祸吓到了，所以使用这种新的方式来治疗？"

然后玩脱了消除了10年？如果是这种打开方式那我就接受了，后半生的笑点就全指着它了。

他又露出那种奇怪的表情，好像我说了什么特别不像我会说的话……这么一想倒也没什么不对。

"所以我说，我不认为他是在'治疗'什么。"他直起身体，隔着一张桌子靠近我，"你真的不明白我要说的意思？"

"如果你想说什么，最好直说。"我把餐具放下，很介意他靠过来后消失的那段距离，于是向后一直退到沙发的椅背上，我收敛着情绪，视线却不自觉地飘向窗外，"我什么都会听。"

"但是不相信。"他笃定地说，听起来倒像有点儿意外，又有点儿松了口气，"谁说的话你都会听，但是你谁也不相信，这就是你的方式？"

不，我的方式才没这么洒脱，我只是……我只是太害怕了而已，害怕所有陌生的人，陌生的地方，就好像身处孤舟，一直漂浮着，不知道周围是什么，也不知道最终会发生什么，害怕得一直不敢动弹而已。但我还是有一个只要他说什么我都会相信的人，当他出现在这场对话中的时候，我立刻就知道相信与不相信到底有什么样的区别。

"那你呢，你到底是什么人呢？你说你是在帮我，你又为什么要做这些事？"我忽略胃底涌上的焦灼感，问。

"我是谁想必你已经知道了。"他不自在地抬了抬肩膀，似乎对这件事已经习惯性地保留了自嘲的权力，"至于我做的这些，就当是无聊的自尊心在作祟吧。"

"自尊心？"完全听不懂，什么方面就涉及自尊心了还见面第一句话就问人家怎么还没离婚的……那个方面的自尊心吗？

"……你还真是什么都不记得了。"他失笑，"让我吃了那么大的亏，居然真的忘得一干二净……"他感慨完了才做出一副无关紧要的样子回看着我，"也不是什么大不了的事，如果你恢复记忆，自己就会想起来了，如果想不起来，那就更加无关紧要了。"

……其实你介意得要死吧。

"也算公平。"我顺着他的话随口一说，本来也不是真的感兴趣姑且憋死他好了，再说我们刚刚讨论过不相信任何部分，我也实在不想吐这个槽了。

他抬手，看了看表，从他的表情我大致判断了一下，说话的时间比我想象的还要长。

"我差不多要走了，丢了一堆人半路跑出来的。"他尝了口没怎么喝的咖啡，想必是刚好冷却到咖啡最难喝的那个温度，一瞬间露出个极其不适的表情，但转眼看见艾丽在柜台上朝这边比画了一个割喉的手势，催少爷连嘴唇都没离开杯沿就一鼓作气地把冷咖啡喝了，那浩荡的决心岂止壮士断腕，断背都够了，简直让人心生敬意，我琢磨着这种良好态度的下一步动作可能就是直接端入后厨清洗杯子了。

只可惜仍是一毛钱兴趣都没有，我的全部心思都用在认真观察咖啡喝完后杯底露出的印花上了，催少爷对这朵花儿看起来似乎早就习以为常，我却是没有一丝丝的防备，印花的线条圆润饱满，旋转而上，内容和含义都可以一目了然。

于无声处塞人心，高，实在是高。

"还有一件事——"他用一种突然想起顺带一提的语气说，我抬起头看他，很明显这个顺带一提才是关键内容，他也没有掩饰，迎着我的目光说道，"我听说郑伟嘉已经和盛唐的川总见过面了，还有政府办公室的陈处，除此之外还私下会见了你们公司的几个董事会成员，笼络了不少核心中层。他这几天非常活跃……我想你可能不知道这些事。"

我猜他咽下去的那句话八成是，尤其是在我住院的时候。

然而话到此处便戛然而止，他只是抬手，再次看了看表，终于起身，却像是没有忍住一样补了一句："这几件事都没有什么实质上的证据，但放在一起却千丝万缕。"他站起身来，居高临下地看着我，"最后你总得选出信什么不信什么。"

然后像来时那样自认潇洒地走了。

我目送着他的背影，眼角处看见艾丽投过来疑问和担忧的目光，我却没有理会，只是撑着下巴望向对街的方向，实在有些倦怠。

……我不喜欢现在这个发展方向。

第十章

在 正 常 世 界 里 尸 体
是 会 发 出 气 味 的

still

a

minor

at

28

"伟嘉。"

茶水间门口传来柔柔的一声，里面煮咖啡的人正在想着心事，被点名时手抖了一下，溅出来的水就烫了个正着。

手便反射性地一松，于是同一时间瓷杯随声落地摔得四分五裂。

笨蛋。

到底想什么想得那么认真想得那么做贼心虚。

"你没事吧，有没有烫伤？"关心则乱，慌慌张张地冲过去，"快用冷水冲一下。"

"我没事。"不留痕迹地抽回自己的手，"沈秘书，找我什么事？"

切，假装正经。

"那个……明天剧院有场音乐会，我知道你一直很喜欢这个乐团，刚好有朋友送了我两张票……我想……"

咦？猫粮君居然喜欢音乐会？这么装模作样催人入睡的东西真不知道该说适合还是不适合他这种设定……

不过说来他的通常运动是拳击……真是处处都是反差却不能理解我这颗寻求上下文之间萌点的心。

"对不起，我明天刚好有事。"很客气很礼貌……以及很直接地拒绝了。

"伟嘉……"美人含泪，楚楚可怜，"你知道我一直对你……"

"沈秘书……"郑先生伟嘉出声打断对方的话，"这是在公司，还是请你用正常的方式来称呼我。"

咦？所以潜台词难道是，只要不在公司就可以这样那样怎样的做些不正常的事咯。

"伟……郑助理。"失望沮丧伤心委屈，这一声"助理"活生生发出个九转十八弯的音，能听到如此音艺，有生之年也算是值了啊。

"还有什么事？"只可惜听的人完全没有鉴赏能力，丝毫不为所动。

"就是……关于昨天下午赵经理提上来的那份计划书，副总没有签批，直接退了回去，说是有很明显的问题，让赵经理自己想。"语调变得相当为难，"赵经理想了一个晚上，改了又改，今天早上提给副总看，还是说有问题，实在没办法，想让我帮忙打听一下。"

"那份计划书？"一个微妙的停顿，"我知道了，这样吧，你先去忙，下班之前来我办公室一趟，我再和你详细说。"

噗。

"是，那……那我先回去了……"

细高跟的皮鞋轻叩在地板上的踏踏声渐远，步伐的间隔似乎略有些急……是慌乱还是含羞……

"你坐在这里干什么？"我自配的情节还没有编排好，突然一个黑影罩顶，把我整个罩了进去。

"哟，这不是猫粮君嘛。"我眯着眼睛抬头，装出一副惊讶的样子，头顶上的人背光出现，是一个镶了金边的黑影罩顶。

"咖啡袋子掉了一地，怎么见到我就躲起来了？"他完全无视我的招呼，只是绕过来，弯下腰捡起地上咖啡杯碎片，还有一地的速溶咖啡袋子，然后皱了下眉头，"虽然我从来没见你喝过速溶咖啡，不过一次五包，你是想喝芝麻糊吗？"

谁会搞错咖啡和芝麻糊啊……我抿住自行想要噘起来的嘴，看他眼角浮起浅浅一丝笑意，实在有点儿介意不太起来，就只好这么坐在地上，目光跟随着他，看他把大块的碎片捡起来丢进垃圾桶，然后招呼清洁工过来清扫残余。

清洁员工的休息室就在茶水间隔壁，只要招呼一声阿姨就提着工具过来了，他就这么抱着手，靠在料理台上我能看见他的地方，一脸故意的神情，似乎是想看我尴尬起身。只是反差萌的大叔未免也太高估每天端着饭盒偷偷翻过学校天台，假装自己是漫画里一页分镜的高中女生了，高中女生和清洁工阿姨微笑问好坦然得连屁股都没有挪动一分。

然而阿姨更是淡定得仿佛阅尽天下中二病。

说好的适应不能地怀疑地漫长地看着我呢？

"我喝遍所有品牌的速溶咖啡，只有这个牌子这个口味的最难喝，尤其是冲得过分浓重的时候。"目送阿姨收工，我才接上他的话，靠做预算存活的高中住校生哪有手工咖啡这么高大上的东西可以浪费，我蜷起腿，把杯子放在膝盖上，用下巴抵着杯沿打了个呵欠，"昨天没睡好，困。"

"难喝？"他重复了一遍，一如既往对正常部分发表了疑问。

"速溶咖啡嘛，也只能靠难喝来提神了。"我低头，把整张脸埋在杯子里，喂了自己一口，虽然话是这么说的，但也从没尝试过一次五包。

我反射性地抖了一下，这味道简直毒性得让我担心肝脏可能分解不了。

"解释了很多事情。"他结论，不动声色地吐了个槽。

"比如？"我一脸氤氲地抬起头看他。

"比如你建议行政部采购这种咖啡。"他漫不经心地说，放下胳膊走了过来，在我身侧站了一会儿，索性直接坐下，平视着我，他一条腿贴着地板，另一条随意地搭在上面，舒展得让人心生嫉恨。

我一路从料理台目睹到大长腿，竟然有些不知该如何应对，又好像怎样都不对，他却突然伸出手，用指背搭上我的眼睛，刚洗过的手指带着些潮湿的凉意，有种异常的舒适感，我听见他带着无奈的声音："又在熬夜看动画，眼睛肿了。"

"嗯……"我含糊地哼了哼，眼睛的温度降下来了，我感受着眼球上方一点儿轻微的压迫感，不由自主地蹭了蹭，觉得自己多少有些沉迷于此，或者我应该搞个冰袋过来，我闭着眼睛胡思乱想，他也没有抽手，任由我蹭着，"毕竟还是有迹可循啊……"我觉得自己几乎要发出舒服的呼噜声了，我哼哼唧唧地说，"连休息室的咖啡都要采购这么难喝的品种，我还真是懂得如何拉仇恨。"

也不知道图什么。

"除了你，没人喝这东西。"

我啪地睁开眼，直起身，退到后面看着他。

"你还真是……直接……"我心负重伤，憋了半天，实在也憋不出来什么其他的东西了。

他还是伸着手，只是略微地往上，在我头上拍了拍。

简直是魔性。

"所以我说你啊……"我伸出两根手指，夹着他的胳膊拎开，"闷骚内部爆满就不能稍微转外一点吗？积累太多可是容易出事的啊。"

"什么意思？"他不解。

"我家的秘书小姐啊，要身材有身材，要脸蛋有脸蛋，要温柔有温柔，要能力有能力……"我极尽所能地组合着词语，"虽然因为我擅自加入了太多的省略号显得表现有些浮夸，但人家确实对你一往情深，还愿意抛开女孩子的矜持表现得这么主动，就算你心有所属守身如玉不愿意给人家员工福利，装得那么正经，谁知道结束语突然来了一句无比猥琐的'下班之前来我办公室一趟，我再和你详细说'，变态大叔的马赛克都飞起来了好吗……"

"……"大段沉默，伴随着龙卷风中心般的宁静。

所以我也只好配合着干笑两声。

"不过话又说回来了……"连我自己都觉得例行公事得太过敷衍，只好岔开话题，"有件事我必须要声明一下，我是在你进来之前很一会儿就坐在这里了的，并不是在躲你。"

顺便还举了举杯子，表示里面的咖啡确实在他进来之前就已经喝掉了一部分了。

"有件事你也刚好忘记回答了。"他不为所动，也翻旧账，"你坐在这里干什么？"

"茶水间——"我深沉回应，"是写字楼里八卦闲话偷听宝地的不二之选，刚好这地方又有这么个隐藏的空间，完美得就好像为了让我蹲在这里而专门打造的。所以刚好有点儿想逃避现实，刚好看到这么一个妥帖的树洞，刚好坐下来，发现居然大小刚刚好。"我一口气说完，想了想，"其实女厕所也非常合适，而且更加隐蔽，只可惜那地方没茶没水没咖啡，遗憾。"

早就声明过我青春少女那八卦而敏感的内心。

啊，我的生命之火，我的欲望之光。

"你是变态吗？"毫不含糊的陈述句简直有违他闷骚的设定。

我捂胸口。

"你的正直刚刚刺穿了我的心脏……"我发现他最近是越来越和我对答如流而且似乎越来越不客气了，这是召唤出什么潜在的人格了是怎样。

"不过话又说回来了。"我回头看了看我容身的树洞，虽然用了"树洞"这样的词汇，但不过是靠在一个半人多高的储物柜背面而已，和窗台之间有个不大不小的空间，但确实很适合避世，我思考了一下，"这地方这么贴身，不会也凑巧是我亲自指定量身建造的吧……"

这就变态得太有现实感了。

"说不定。"他挑眉，一副似笑非笑的样子，让人实在有些拿捏不定，我原本只是句玩笑话随便说说而已，他这样，让我一时不知该接什么好，他看我无言的样子，仿宋体的颜文字几乎又要若隐若现了，"所以你不是在躲我，咖啡袋子怎么会掉一地？"

"……"我运作了一会儿，开设定，"那个是面包屑，韩塞尔与葛雷特，糖果屋，必要的时候需要标记好逃亡的路线。"

"逃什么？"他顺着我说下去，完全不受古早童话的干扰，"你办公桌上的那37公分？"

　　"毕竟我也没有找到小石头……"我还沉浸在自己的设定当中，隐隐觉得有些不对，这个体贴的计量方式怎么听起来这么耳熟，"我摸鱼摸出来的时候明明没有那么多的……"我看着他那毫不掩饰的表情，感到难以置信，"……你难道不知道在我们国家放高利贷是违法的吗？"

　　"你难道不知道不好好工作的后果是会增加更多的工作吗？"他不置可否，只是学着我的句式反问。

　　我怀疑地看着他。

　　"难道不应该是被开除吗？"我正义吐槽，端坐于知识巅峰的人怎么会那么容易上当。

　　他没有说话，只是轻微地勾了勾嘴角，露出个笑容来。他侧对着窗口，逆光看去，那线条尽然有一种奇妙的、温暖的弧度，我的胃好像终于感受到了咖啡因摄取过度的后果，泛起紧张而酸涩的痛觉，心跳也紧跟着加速起来，我无言地抬起杯子，以以毒攻毒之势地灌下一大口糟糕的溶液。

　　"所以你不打算教育我了吗？"无视胃里猛然发出的哀号，我豪迈地擦了擦嘴，问他。

　　他做出一个疑问的表情，似乎是没有明白我为什么突然这么问，又似乎是觉得我需要被教育的部分实在太多，一时无法判定具体指的是哪一个。

　　我这样擅自理解后不高兴地指了指窗外："就是第二章啊！"

　　我遥遥地指了一个方向："你说我'一个人坐在街边的花坛上喝奶茶这种事，未免会对公司的形象上有些影响'，然而那个时候我不过是很正常地坐在公司对街的花坛上而已。"我用遥遥指着的那根手指在四周比画了一番，"如果你没发现的话我提醒一下，这里是公司茶水间的地板上。"

结果他就只是这么走了过来，跟我一起坐下了而已。

所以目前的局势就是，我倒是在背阴处蹲得好好的，反而是他，怎么看都是一副露着尾巴头也藏不住的姿势。虽然我看不到门口的情况，不过听声音至少已经碎了三个人的下巴了吧，没准儿这会儿行政部都已经在茶水间的门外缠上了犯罪现场专供的Keep Out黄色封条了。

"或许是为了防止你下次坐到更加影响公司形象的地方。"他丝毫不走心地胡说，连看都没看门口的方向一眼，"这也勉强算我的工作之一。"

什么叫作更加影响公司形象的地方啊，女厕所吗？喝了水怎样都要坐进去的吧。

我在心里默默吐了个槽，偷偷瞄了他一眼，有点儿不敢说出来，只希望能用瞄出的这一眼传达出内心未尽的槽意。

他也不知道接收到没有，仍是那种似笑非笑拿捏不定的样子。我越发难以吐槽，于是回顾了一下这段时间的情节发展，越发觉得所以这是继冷漠疏离到不加掩饰的嫌弃之后，我那根本不把好感度放在眼里的女性向养成游戏又解锁了什么新的奇妙姿势了吗？

"我今天早上一直想问你——"他却突然问，"昨天的晚饭没有吃饱？"

我愣了一下，完全没想到他会突然关心出这样一个问题，基于昨天是星期天，为了以防跟我一样忘得干干净净，提醒一下，这就是那顿"今天晚上有安排了，你和妈都累了，先好好休息，星期天我们过去"的饭，果然说吃就吃，我们两个加上他爸妈总共四个人，主厨是他妈妈，虽然比不上严爸的技艺精湛，味道一般，不过相比我那对工作狂的父母，手艺已经可以称得上是救赎了。

当然味道一般也可能是因为找了神之一手郑先生做帮厨的缘故。

我哼唧了一声移开视线。

"啊……"

"我早上看到冰箱空了。"敷衍的话才发了个音就被他打断，他摆出事实，避免和我讲道理。

我还定格在发语的那个姿势，只有移向远处的视线默默地向上翻出个白眼来。

"不要用这种误导人的句子。"我看回到他，不高兴地说，"是有多不矜持，一个晚上把你家冰箱都吃空了的，里面能填肚子的总共就一粒鸡蛋，半袋切片和三分之一盒牛奶。"

虽然那房子样板得连灰尘都没有一丝居家气息，但厨房好歹也是张阿姨的地盘，被照顾得妥妥儿的，只是刚好张阿姨这两天家里有事，我索性放了她十天的假，厨房存粮无人填补而已。张阿姨本来就是个新鲜食材的狂热分子，冰箱里的囤货正常就不多，现在更是只剩下啤酒果汁矿泉水，就连面条也被对煮前煮后膨胀量毫无概念的猫粮君全军煮成反社会物质了。我又没有学会半夜叫到外卖的技能，还能翻出来这些东西我都已经是豁出去了，当然里面还有两根葱和一袋酱，组合倒是相当经典，就是怎么看都觉得缺只烤鸭，有点儿寡，就算了。

"那么你昨天晚饭确实没有吃饱。"他确认，"是因为饭前和爸聊了些什么？"

"我就不能是因为青春期少女的含蓄吗？"我更加不高兴了，他倒是没有反驳，只一副静静看我睁眼说瞎话的样子，我不服，"我跟郑伯伯认识比跟你认识得久，当然很有得聊。"

而且他妈妈虽然谈不上特别热情，但更像是性格使然，也一直在给我夹菜，对我车祸前后的情况很是关心，总之他们全家就这位儿子对我不好。

当然考虑到我做过的事倒也没什么好抱怨的就是了……

"我肚子饿是因为昨天晚上干了点儿体力活儿，消耗有点儿大。"我就这样说出答案，并没有什么特别需要隐瞒的，反正也不是什么大不了的事情。

"体力活儿？"光看表情就知道这个答案有多出乎他的预料。

"是啊，我把阁楼房间的门给撬开了。"我说，虽然并没有怎么提及，不过这段时间我一直没停止过寻找钥匙，直到昨天晚上我判定绝对是找不到了，就果断下手把它撬了，我边比画边说，"耽误了我这么长时间，其实比我想象的好撬多了，只是一开始方法不对而已。后来到网上查了一下，构造并没有我以为的那么复杂，毕竟只是房间门上的锁，通用型号，暴力拆除有效率百分之百。"

"为什么不找一个锁匠？"他对暴力部分轻微皱了下眉，但最终又一副一切正常的样子。

"我也是考虑了很多的。"我严肃地说，"不然你以为我为什么要放张阿姨十天假，万一那跟蓝胡子的小房间一个性质怎么办，像我这种性情大变到完全反转的人，万一真的是发生了什么重大创伤性事件怎么办，我也是到了从体格上觉得人类好可怕，渐渐地转变到从心灵上觉得人类好可怕的年纪了。"

他面色复杂地看着我。

"……在正常世界里，尸体是会发出气味的。"认真地提醒。

"这只是个比喻。"我又不傻。

他抬了抬肩膀，似乎并不想在这个问题上和我多做讨论，随便地把这个话题翻了过去。

"那么里面是什么？"他问。

"不太好说。"我思索着抿了口咖啡，却尝到一股温凉的恶心感，简直恶心得连吐都吐不出来，喉咙一缩就咽下去了，一时间提神提得简直整个人都痉挛起来了。终于等那阵味觉过去了，才看了看杯子里，发现我们居然在茶水间的地板上聊了这么长的时间。

我抬手把咖啡杯放在背后靠着的那个储物柜上，顺带着挺起背，舒展了一下，继续说："里面乱七八糟的东西还堆得挺满的，大部分都是没有拆封的纸箱子。我随便翻了一下，看到几本我一口气都念不完名字的高等学校教科书，还有些不知道用哪国语言写的资料。我猜测大概是我家卖房子的时候舍不得处理掉就堆过来的旧物吧，这倒也没什么奇怪的，我妈从我小学的时候开始就一直保留着我的教科书习题册考试卷甚至作业本，可能是因为她总觉得她和我爸一直在忙公司的事，对我的成长参与感有点儿不够，想用这种方式找补点什么。"虽然从我自己的角度来说我倒是觉得和小伙伴儿相比没有大人管的童年玩得可High了，不过既然能让老妈觉得心里好过那存着就存着吧，"虽说如此，不过我还是决定有时间再好好翻上一遍，没准儿能找出来几本日记本什么的，最好上面详细记录了这几年发生的事，再附赠点儿心路历程、思想汇报之类的，也不枉费我饿着肚子撬了大半夜的门……"我幻想完了，把脸埋在手心里，嘤嘤嘤嘤地哭了起来，"就算找到张什么时候不小心夹在书里的十块钱也行啊……"

"我可以帮你。"他聊表同情。

"趁我不注意的时候往教科书里塞钱吗？"我保持着那个手心向上，双手捧着的姿势把脸拿出来，发着光看他。

"……"他没有回应。

果然谈钱就伤感情，十块钱也能伤到的感情……无法交谈。

我用路人甲的表情把自己从树洞里搓出来，站起身，拍了拍衣服，丝毫没有障碍地从那双大长腿上方迈了过去，听见身后传出来些动静，大约他也站了起来。我没有回头看，忍不住在心里勾勒出一男一女拍拍衣服从茶水间的地板上爬起来的场景是有多糟糕，就这我还没忘记拿上我的杯子，走到门口果然没让我失望，围了一堆黄底黑字的东西。

……写着"事故现场"、"清洁进行中"、"小心地滑"的A字告示牌。

……啊……果然不是那种类型的故事呢……

等等，事故现场是个什么鬼，三行字情节还给连上了，你们家公司到底发生过什么，这告示牌种类做得是有多齐全？！

这槽意汹涌得实在太猛了，真是没有一丝丝防备，我一分心完全估算错误了A字牌与脚的距离，跟跄出去半米。我一帧一帧地回过头，含恨看着那块就它最奇葩的"事故现场"，却看到郑先生英俊地越过我绊出来的空隙在后面跟着，身形潇洒非凡，毫无对前人拿命开路的感恩自觉。

"还有赵铭那份计划书的事。"郑先生跟着我向我办公室走去，

"你指的到底是哪里的问题？"

"……"我脚下一顿，想了一会儿才反应过来赵铭是什么，就是一开始沈秘书提及的那位赵经理，还好他的名字比较容易记忆，好歹算是靠自己的力量想起来的，我在心里对自己大加赞扬了一番，头也不回地说，"不是说了吗，有很明显的问题，那份计划书你看过没有？"

"我就是看过了。"

他的声音变得有些坚硬，大概是这么些天我终于彻底驱散了这张28岁的脸上散发出的优秀领导人信息素，让他的第一反应从深表怀疑我对此一无所知，到深表怀疑我能提出什么正经问题，也算是付出的努力终于有了回报了呢。再加上我追求上下文反差的活泼性格，以及高三学生知识巅峰的加持，他还要时刻考虑着心理防御机制该把底线拉低到什么程度……也是相当辛苦。

我擅自脑补着他的思想感情，自己和自己玩得很开心，听他继续说："这是根据公司上半年绩效考核拟定的一个人事调整计划书，里面所有的内容公司高层在专项会议上都讨论过了，也反复修改过很多次，还会有什么明显的问题？"

"第一页就错了三个字还不够明显吗？"倒不是我性格特别爽朗立刻就公布答案，只是这句话问的时机恰到好处，我刚好走进自己的办公室，于是立刻在公司副总经理的人体工学椅上硬生生拗出个成功企业家的造型，对着心理防御机制果然底限拉得不够低的总经理特别助理先生正义地说，"作为一个完全看不懂内容的领导，当然要在形式上多多下些工夫。"

我相当自信这逻辑严密不可反驳，听的人对此能做的也只有动手了。

这个行为大概就是俗称的讨打。

"就因为这个？"但是没有，郑先生冷静地问，选择再给我一次活下去的机会。

"小事情反映大问题啊，猫粮同志。"我语重心长地说，"全篇总共五个错别字，这可是考试作文自杀项啊，而且看了一晚上都没有看出来，问题还不够多吗？"

猫粮同志有一阵没说话，就在我开始怀疑他是不是察觉了什么，难道又当我肚子饿了会给我叫个加餐吗？

这么一想好像还真有点儿饿了的时候，他才开口，声音平稳："关于公司最近几处人事变动的情况我已经和你说过了，如果你看了沈秘书给你的会议记录，就会注意到那几次专项会议都是由你主持的，你还有什么地方的内容看不懂？"

"就是说了也看不懂的地方。"

比如……催尚杰所说的，那些我可能不知道的地方。

我直直地看向他，他也回看着我，那目光中丝丝泄露出少许试探和怀疑的意味，我猜我此时的样子也没少包含这些情绪，况且我这么年轻又缺乏社会经验，没准儿都写了满脸了……空气中的温度变得有些凝滞。是我先移开了视线。

"人事变动什么的还是等我爸回来再说吧。"虽然可能这份计划书只是件根本毫不相干的事，但有些事一旦存在了，我终归还是忽略不了，毕竟先移开视线的人底气就是要难以充足一些，"反正也没多久了，我昨天给老爸打了个电话，他大概这两天就回来了吧……虽说也没提前多长时间。"

我把下巴撑在手腕上，偷瞄他的表情，却没什么变化，就好像只是一个得知了上司行程好提前做出安排的助理一样，只是末了确认一句："只是人事变动的问题，还是所有事务？"

我忍不住笑出声来，他皱了皱眉，对我的反应无声询问。

"看，我就说不好好工作的下场果然就是被开除。"这个问题就是我们刚才在茶水间讨论过的嘛，我琢磨了一下，"其他事务这种说法真是诡异，好像我还真干了些什么事一样……"

都说好了是当吉祥物的嘛……签了几份无关痛痒的文件，旁听了几次没怎么说话的会议，不过考虑到刚出院身体不适，接待就避过去了。

只是了解自己每天都在干什么而已，结果事实证明果然是没有哪家公司离开了老板就不能够正常运作下去的，越大的公司职责划分越是清晰，签字签到我这里的时候前面都叠着一排名字了……所以方向和决策吗？我连自己的事情都找不到方向做不了决策。

我故作轻松地说："那就要看我表白的结果了。如果失败了，别说干活儿了，我可能说会窝在被子里哭上一个星期连门也不出的。"

"表白？"相比之下他此时的表情倒是称得上精彩纷呈。

"是啊。"仔细一想不管有名无实还是压根儿没有一分钱的感情，只要有了婚姻这层关系，这样光明正大地通知对方要去跟别人表白果然还是略显刺激，不过我还未成年，有夫之妇什么的根本不知道。

我看着窗外的方向，认真地说："就是去告诉我喜欢的人，我喜欢他。"

第十一章

因 为 这 是 心 中 唯 一
还 存 在 幻 想 的 事 情

still

a

minor

at

28

"严医生现在在手术室，他有个病人突发情况，不得不安排了一场紧急手术。"前台接待的护士小姐客气地说，"他有跟我说过会儿有位叫凉夏的小姐来找他，让我转告你先在他办公室里等他一会儿。"

提前约好了时间过来医院找小严医生，结果却听到了这样的回复。

不过毕竟一直以来都受严爸严妈照顾，已经习惯了医生的突发情况。既然严岩让我等他，大概也不是什么严重的问题，我也对护士小姐客气一笑："没关系，我在那边的休息区坐一会儿好了，麻烦到时候让他去那边找我。"

办公室是两人间的，除了严岩，还有另外一位医生，虽然现在他人不在，但总觉得坐在那里有些尴尬。

我找了一个靠近窗口的位置坐下，之前住院的时候因为精神打击太大，一直都窝在床上，甚至都没有注意这家医院是什么样子的，只是听严岩说过他没有选择在严爸严妈工作的医院上班，因为太熟悉的环境难以成长，不过他也说过差不多的时候会回去，毕竟这个行业，有了父母的积累资源会比较丰富一些。

虽然不懂，不过听起来好像考虑得很成熟的样子。

我抓了抓额头上的伤口，不知道是不是因为心理作用，从闻到医院的味道开始就有些微微发痒，结起的痂在我手贱的干预下大半已经脱落，这种讨厌的动作实在太具有习惯性了，就好像抠青春痘一样停不下来。大概会留下痕迹吧，我也只能安慰自己反正是这个位置，没准会显得发际线靠前也说不定。

这家医院是本市建立时间蛮久的一家私立医院，也是第一家私立医院，就连我都知道。不过我们家一家三口都被严岩家所属的市医院承包了，在我的记忆里好像就没有去过其他地方，居然还有了点儿迟来的新鲜感，病房环境自然不用说，休息区看起来也好像是刚刚重装过，显得干净又清洁，色调搭配也充满了暖意。

大概此时临近晚饭时间，病人都老老实实地在房间里待着，休息区靠近楼层的出入口，陪护的家属端着打来的饭菜接二连三地从电梯里钻出来，消失在各个病房里，食物的味道在空气中叠加起来，即使是这样的环境里也完全没有任何愉快的感觉，让我更是对医生这个职业心生了无上的敬意。我看着那些忙前忙后的家属，仔细想想不管是催尚杰提起的车祸理赔还是住院手续的办理，我统统都没有概念，好像连病历本在哪儿都不知道……虽然总是在说爸妈忙没有时间管我什么的，但我确实是个被照顾得很好的孩子啊……究竟是怎么长成这种有着乱七八糟心思的死大人的呢。

"虽然是在那个位置，不过女孩子脸上留疤总归是不太好的。"一个声音伴随着咀嚼的动作在我身侧响起。

我停了一会儿，默默地把脸往反方向又移了一小格，让那个身影彻底离开了我的余光。

"没礼貌！"被按着脑袋直接扭过来，扭得太猛烈了，差点儿穿越回去，这真是久违的吐槽，我看着眼前凶巴巴的医生，不想在严岩

的办公室里等的原因就是这个人，在我住院期间，有时候严岩没空，
会让这位和他同办公室的连医生关照我一下，虽然我生活完全能够自
理，也有温柔美丽的护士姐姐，完全不知道还需要被怎样的关照，不
过只要过度解读一下严岩这么无微不至的行为，我也是忍不住就小激
动起来。

然后就彻底被这位凶残的医生给一秒击碎小粉红了。

"复查？"他言简意赅地问，这么猛烈的动作都没有把饭喷出
来，一定是颜值太高，超越科学了。

"约会。"我答得更言简意赅，"等严医生。"

"你不是已婚妇女吗？"作为一个医生如何做到这样粗糙的，
"严医生黄金单身可是出了名的。外遇？隐婚？"

说你粗糙真是错怪你了。

"所以你怎么知道我已婚的？"我随口问，只想把砸到自己脚的
石头赶紧搬开。

"我看过你的病历，别说已婚，你的药物过敏史、家族病史我都
知道。"他一脸被质疑了专业能力的样子，盯着我的脸皱了皱眉，一
副看不惯的样子，把扒拉了两口饭的饭盒放在一边，转身去到护士值
班室，走出来的时候手上拿着棉签和一管药膏。

"自己动手还是我来？"非常具有专业精神。

"所以你看过我的病历？"我一只手撩着自己的头发帘，一只手
别别扭扭地用棉签戳着，感觉眼球都要翻到后脑勺去了，还是熟悉的
味道，还是当时住院时严岩给我擦的那什么加快伤口愈合预防留下疤
痕的药膏，据说是本院特产，效果感人。

"上面写了些什么？"我问，他奇怪地看着我，我只好补上一

句，"不小心把病历本弄丢了。"

这话也没错，一开始就丢了，丢得从来都没见到过。

"让你的主治医生给你写份申请，拿着去病案室就能复印一份。"岂止是专业精神，简直是业界良心，"你干吗不直接问他？"

"之前没想到。"我哼哼唧唧地说，"想到的时候又有点儿不敢问了……"

他挑了挑眉，先是惊讶，随后一副了然的样子。

"怀疑自己得了绝症？"

我一口气噎住，憋了半天。

"……你再猜？"只憋出来这么一句，觉得要是再继续和他聊下去估计要有注水的嫌疑了。

"不敢的原因也就两种——"这位医生却反而深沉起来，"要么是因为害怕事情是自己想都没想到的，要么就是害怕跟自己想到的是一样的。"

"后者。"我老实地说，"其实挺明显的，但是我这么年轻，怎么会想得到居然会是这么个让人讨厌的故事。"

"那个只是擦伤而已。"医生没头没尾地说，"伤口的创面有点大，但不深，出血量一般。顺带一说，身体机能不错，没有淤青，没有肿块，也就是个门诊包一包的程度吧。"

"我就说是擦伤吧！"我闭眼，握拳做了个耶的姿势，"谁擦伤要住院还待那么久……"

连医生故意做出个有钱您消费的手势，我被他逗得笑出声来："万一我要看病历怎么办？"

"你不是没想看吗？"连医生嫌弃地说，"倒是小严医生真是人不可貌相啊，这要是往邪路上走根本拦不住。"

"换句话说就是押上职业生涯了吗？"我笑完了，防备地看着他，"你也好可怕。"

这是要转换什么风格了吗？这家医院才是真可怕。

"……职业生涯什么的倒是没那么严重。"他面色复杂地看着我，"都是照章办事，钻钻空子，就是操作起来麻烦点儿，需要个共犯，主要是你……"

"小夏。"对话中被谈论的对象突然出声打断了对话，我转头，看到严岩气息有些急促地站在那里，手里还拿着来不及穿上的外衣，看样子是一路跑了过来，"等了很久了吗？"

"还好，有人说话就不觉得。"我摇了摇头，"就是肚子有点儿饿。"

"是后遗症吗？"连医生的声音又开始伴随着嚼嚼嚼的动作，完全可以称得上是故意的。

等等，什么叫作后遗症啊？我一花样的少女食量收不住也就算了，还不能到饭点肚子饿了吗？

"连医生……"严岩不赞同地点了名。

"她知道了。"连医生简单粗暴地把进度条往后拖了好长一段。

我一时呛住，半是无奈地笑了起来，却在看见严岩担忧的表情的时候，又觉得有些难过。

"真是的，这种氛围要我怎么表白啊……"我抬头望了望天花板，自言自语地说，然后才下定决心从椅子上站起来，对着欲言又止的严岩说，"走吧，我们找个地方边吃边说吧。"

在用悲情史打趣严岩之前，其实我是问过他的，现在没有结婚甚至没有女朋友是不是因为晓柠的事对他打击太大了，是不是因为他还喜欢她。严岩给我的回答却是，高中时期单纯的恋情，那种懵懂不可靠的暗恋，在高考过后因为念的大学不一样，分开两地，有了不同的经历，心态也慢慢发生变化，最终淡去，消失不见了。不要说是单方面的恋情了，甚至是友情的部分，也变成了要时刻挂在嘴上，百般强调才以为不会消失的东西。

这是很简单的事。

那时候的我多少有些害怕，害怕是因为自己最终没有把真相说出口的缘故，这段恋情才失去了回应的机会，变成可以这样轻描淡写的存在。

却没有多想，我自己呢?

17岁的时候，我可以喜欢他，暗恋他，他不喜欢我我也可以就这样一直下去，那么之后的分别和经历，是不是也会像他这样，淡去，或者喜欢上别人。

如果我的时空没有错位，如果我就这样长到28岁。

这是不是也是一件很简单的事呢?

"小夏。"严岩叫了我的名字，我回过神来，他正忧心地看着我。

我对他露出一个笑。

"我不知道你来没来过这里。"我细细碎碎地说着，"我也是偶然发现的，没想到离你上班的医院这么近，它家咖啡很好喝，主食首推蛋包饭，但是我吃过一次，我想吃点儿别的。"

"……咖啡就好。"他妥协地说，眼光却不自主地看向窗外。

"医生自己反而不注意健康吗?感觉真是具有现实意义啊。"我把菜单递给服务生，艾丽今天休息，接单的是上次那个学习拉花的女孩，看到我露出有些羞涩的笑容，我点了一堆上次没有点过的食物，两人份的主食和小吃，再一次在内心向面店老板道歉，这是不同风格的，但是真的是每一样都看起来好好吃的样子。

"小夏……你是怎么知道的？"不管怎么说他也不会有和我讨论食物的心情，而我也不过是在提及之前铺垫一下气氛罢了，真是相当的，不知道该从哪里开口啊。

"就是我曾经开玩笑地说，如果把28岁的那个我，钱包里的卡片标识的地方都走过一遍的话，没准儿能拼凑出28岁的整个人生也说不定。"我有些苦恼地笑着说，"我就只是这么干了而已。"

包括学校，包括公司，包括曾经住过的地方，买东西的地方，吃饭的地方，这一切我曾生活过的地方，包括那些所有我一筹莫展的工作和10年份积攒下来的动画和漫画，还有阁楼里封存的那些书本。

"不过没什么用就是了……"确实是相当苦恼啊，我也顺着他刚才的目光看向窗外，"只除了这里……只除了这个地方，然后所有的事情就说得通了。"

"你还会因此而伤心。"他皱着眉说，看起来他才是那个伤心的人。

"……只是觉得有些可悲。"我想象着那个在别人的描述中好像冷淡得对什么都无动于衷的自己，在光线暗淡的窗边望向对面的样子，会不会也同样觉得可悲到憎恨起自己？

"为什么不掩饰得更加好一些呢，尽是些只要简单确认就完全开脱不了的部分，就好像故意的一样。"我带着抱怨的语气说，"稍微掩饰一点儿我就可以把问题全部推到别人身上了嘛。"

他露出了一丝笑意，然后很快就消失了。

"因为我喜欢你啊。"我搅着冷饮里的冰块，在玻璃杯壁上发出细碎的碰撞声，听起来就像我自己的声音，"你说什么我都会信，因为从很早之前开始，我就真的很喜欢很喜欢你了。"

"……"他沉默了一刻才轻声地说道，"我知道。"

他知道的。

"所以这就是为什么吗？"我低着头，不敢看他的表情，不敢让他看到我的表情，我在心里默念着，不敢的原因有两种，要么是因为害怕事情是自己想都没想到的，要么就是害怕跟自己想到的一样，"这就是为什么我们变得疏远，而我走进你医院的原因吗？"

"那天……是你的毕业典礼。"他叹了口气，说，"你没有参加，独自走过半个城市，来我的学校找我。你说你喜欢我，你说你只是想我知道而已。也许不说出来就这样下去是最好的选择，但是你想要我知道，你说，因为这是你心中唯一还存在幻想的事情了……"

"……好像笨蛋一样。"

"是啊。"他苦笑，"我们都像笨蛋一样，这么多年我一直在想，那个时候究竟该怎样做才对，如果只是安慰你，回应你，说些好听的话鼓励你，事情是不是又会向另一个方向发展……但是我不想骗你。"

"如果是我的话，大概会说谢谢吧？"

"……你说了谢谢。"

我们同时沉默了一会儿，他大约是在回忆，而我只能想象，想象那个说出心中唯一还存在幻想的事情的自己。

"之后你就正式进入了你爸爸的公司，和大学时一样，成天没日没夜地工作，拼命地学习，拼命地生活，拼命地改变自己，唯一不同的是你再也不画画了。我很担心你，但也不知道该用什么样的立场和你说些什么，你只是说，你已经想明白了，经过了这些失败和打击，自己确实也应该成熟起来了，不能总是由着性子为那些不切实际的梦想无止境地耗下去。我不知道这是不是你的真心话，我们一起长大，经历了一个人一生中最苦恼却又最为无虑的时光，我不想将这称之为疏远，但时间就是这样一天天虚度，再然后我们所知道的一切就停留在了很久之前的地方了。"

"再然后我就结婚了。"好假的谎言。

他点了点头。

"然后你就结婚了，我是从我爸妈那里知道的这个消息。"他皱着眉，露出个苦笑，"叔叔阿姨送了请帖到我家，他们看起来很高兴。我只知道那人是你在工作上认识的，和你们家有生意往来，不久前刚从国外留学回来，在父亲的公司帮忙，准备继承家业。你爸爸谈起他，是个非常优秀的人，对他赞不绝口，好像再没有比这更加合适的婚姻，我想你大概终于找到了能给你幸福的人了……"

"你去参加婚礼了吗？"我打断他，问，装出故作轻松的样子，想着第一次和郑伟嘉见面的样子，"所以就没有什么奇怪的地方吗，比如新郎和新娘冷着脸举行仪式，彼此一句话都不说什么的？"

举办过婚礼这件事已经让我感到非常意外了。

"差不多吧。"他难过地看着我，"我并没有多想，或者是我不愿意多想，你变得太多，而我知道的只是你在工作上表现得极其出色，升职很快，取得的成绩也越来越多，尤其是结婚之后两家的联合，公司发展速度越来越快。我安慰自己，或许你确实是重新找到了实现自我价值的方式，然后一切都变好了……"

"直到有一天我在这里遇见了你。"

我若有所思地望向窗外，既然提及这里，就大概能猜到发生了什么事，大概那个时候的那个自己和现在的我心情一样吧……有时候觉得这个城市好像大到你一生的光阴都不值得一提，有时候却又小到连躲藏都没有转圜的余地。

"所以她……那个我，告诉你的，就是你告诉我的那个故事吗？"我问严岩，关于被迫和我家的公司解约，然后我用整个公司和员工的生计要挟那个人娶我的故事。

"但是你不知道他已经有了恋人。"他说，说的就好像某种开脱一样，又有什么意义呢。

"所以这是后悔了吗？"

他却摇了摇头。

"我也问过你同样的问题，"他说，"如果会后悔就会做出弥补，但那些认定没有做错的事，所谓的后果就只不过是做出选择所必须要承担的代价罢了。"

"……所以我究竟是怎么变得这么消极的啊……"对自己的前途算是绝望了。

"或许只是下不了决心而找的借口吧。"严岩说，我觉得他并不只是在说那个我，有些似懂非懂的感觉，却听他接着说了下去，"那之后我们才渐渐开始有了些联系。我们都很忙，只是偶尔一起吃饭，聊一聊近况，大多数是工作上的事，还有彼此的父母。你会谈及那个人，虽然始终只是上司提起下属的方式，但听得出来你很欣赏他，他的能力，他的想法，他做事的风格。我只是听着，想你真的是变成了一个我完全不认识的人了，变成了一个……让人移不开视线的人。"

　　我知道的啊，我一直都知道，我支着下巴，把声音含糊在手心里，从你对待晓柠的样子，从你说起她的方式，你喜欢什么样的女生，我一直都知道。

　　所以我变成了那个完全不认识的人，那些厌恶和全盘的自我否定，那些愤怒和憎恨，有多少是因为长久以来的失败和挫折，又有多少是因为心里最后一丝幻想的破灭而散碎到尘埃里的卑微。

　　所以才说啊，怎么会想得到居然会是这么让人讨厌的故事啊……

　　"所以是她拜托你帮忙清除掉记忆的吧。"我直言，就好像承认自己是凶手一样，只要不去刻意回避，也不是什么需要复杂推理才能得到答案。

　　"是的。"他承认，苦笑着说，"罗教授，就是你见过的那位医生，他也不是我的导师，我只是听过他的课，请教过他一些问题，后来就一直保持联系，这是他正在研究的一个项目，我和你偶然聊到……不！"他摇摇头，"或许是我故意的也说不定，这个方案用于PTSD的治疗尚在初期阶段，不要说在健康人身上实施了，我不知道你用什么方法说服了他，不过他在这个项目上投入了太多，大概也不是什么难事吧，我是作为罗教授的助手参与进来的。"

　　"车祸也是我自己安排的吗？"我问。

　　"只是为了在你醒来的时候，一切看起来更加的真实。"

　　哪里真实了……明明漏洞百出。

　　所以连医生才会说主要是我……主要是为了能骗过我。

　　"那我还能恢复吗？"我问他。

　　"……不知道。"他有些犹豫地说，"尽管按照罗教授的理论，记忆是不会被清除的，所有经历过的事情都会一直存在在大脑里，我们之所以会忘记，只是关闭了通往那处记忆的路径而已。"

关闭通往记忆的路径吗……这种说法真是让人有着说不上的孤独感。

"你说，你觉得足够了，这样的生活已经不想再继续下去了，赌气也好，不甘心也好，到头来不过是为了一些自己都想不起来的原因把自己的人生弄得乱七八糟，却一再陷入同样的痛苦之中，又有什么意义呢！你说你已经不想再生气了。"他继续着，目光凝视着我，却是看着那个说出来这些话的人，"不想再浪费自己的人生，你可以从头去找回原本的路，你可以学着做回原来的那个自己，你可以放下一切什么都不要了，却只有一件事，却是无论怎么努力，都无法真正的遵从自己意愿可以选择的。"

我回看着他。

"……就是忘记那个人，"他说，"我想帮你忘记他。"

我沉默了一会儿。

"所以确实是借口啊。"我把背靠在沙发上，微微缩了身形，我咬着指甲说，"你们两个都是，什么必须要承担的代价，说得那么冠冕堂皇，结果还不是一发现可以逃跑的方法立刻就毫不犹豫地跑掉了。"

说到底，自己终归还是自己。

他笑了一下，却皱着眉，窘迫的样子。

"……那件事，你还没有答复我。"

我偏过头，无法看他，想着那个我所知道的在我记忆里总是鲜活的神采飞扬的少年：想着他说话的样子；想着他笑的样子；想着他温柔地看着另一个人的样子，想着他低下头，阳光穿过睫毛，光影交错的样子；想着他站在夜晚的灯光下，伸出手，微微带着苦恼的样子……还有跨越了整整10年，陌生的样子。

我感到胸口泛起一阵尖锐而细碎的疼痛，蔓延过经久的时光。

我想着他，重复了一遍："你还没有答复我，关于我喜欢你的事。"

他愣了愣，或许是察觉了什么，或者是在和我想着同样的事，又露出那种难过的表情，却最终低下头。

"……对不起。"他说。

"啊，果然如此。"

谢谢，对不起，然后就是再见了吧……

我尝试着笑一下，却失败了，果然还是会觉得害怕，害怕事实和自己想到的一样，害怕还有什么是自己连想都想不到的。

"她知道的。"我说，"那个28岁的凉夏，才不是为了什么难以忘掉的谁而清除了自己的记忆，虽然能够忘记是最好不过的了吧，但果然还是因为你啊。17岁的时候她喜欢你，你不喜欢她；28岁的时候你喜欢上了她，她却已经看向了别人。"

我顿了顿："她或许只是想在你还喜欢着她的时候，给你一个也喜欢着你的，曾经的自己而已。"

所以才说不想知道啊，这么讨厌的故事，如果什么都不知道，会不会就这样有一个完美的结局？

大概不管什么时候的自己，都无法相信吧。

结果……就只是在逃避而已。

第十二章

一 直 喜 欢
一 个 人 好 不 好

still

a

minor

at

28

摩天轮，云霄飞车，旋转木马，海盗船。

原稿画展，周边贩卖，作者签售，Cosplay。

游乐园，动漫嘉年华。

游乐园我是第二次来，第一次来的时候是这座城市最大的游乐园建成开业，我坐在老爸的肩膀上，因为年龄不够，不准上云霄飞车。

动漫嘉年华我也记不清这是第几次参加了，从官方组织的到私人聚会的，规模有大有小，或许不能都称之为嘉年华，但是上一次来的时候，还是前呼后拥的一票人。

见到喜欢的Coser就抱着相机扑上去，见到喜欢的作者哪怕排一整天的队也要入手签售的作品。

如今却新人换旧人……

Cosplay的角色大部分都不认识是谁了，坐在摊位后面卖着印刷作品的作者也都不是我所知道的那种方式了。

国内的原创作品崛起太快，官方也不再是唯一的渠道了。

玩法完全不一样了啊……

尺度什么的……

然后当我只花了半天的时间就把漫展所有的摊位都晃了一遍，又花了半天的时间把游乐园里所有大型游乐设施统统玩了一遍之后，突然就觉得有点儿无聊了……

　　果然10年浩荡，不是说补就能补回来的，果然一直追着那批历史残留问题没时间开新阅读量还远远未够班啊，果然都是被猫粮追着做作业在办公室里充门面施展不开的错。

　　果然来这种地方凑热闹不适合单枪匹马一个人……

　　"啊……真是失策啊……"夜场参加的人不多，我有幸拣了个没人烟的地方在花坛边坐下，感慨出声，嘉年华的票我是早就买好的，在线看漫画的时候宣传铺天盖地，也算是我学会用手机在网上购物后下的第一单，票买了两张，本来想给严岩一个惊喜，但现在想来，还真是相当单方面兴奋一头热的感觉呢。

　　真是无法回顾的场面啊。

　　"网络都发展成这个样子了，不管三次元还是二次元的，也给我认识上两个啊，结果发现除了他我还真找不到可以一起来的……"我不讲道理地抱怨着另一个自己，往后仰了一下继续自言自语，"要不然干脆现在回去算了……"

　　原本在头顶上的太阳已经西沉了，一天的时间还真是过去得快，现在刚好是吃饭的时间，不过那个家里……张阿姨还在假期中，现在这个时间，应该没人吧……

　　肚子饿不饿倒不是大问题，毕竟吃喝玩乐素来神圣不可分割，有玩乐的地方必然有吃喝，我用嘴叼着刚才买来当零食，吃得只剩下最后一口的烤肠，一边想着还是去老板那里混碗面算了，排解一下失恋的情绪，这就是宿命啊……

　　还是说马上就要开始的烟火晚会也不错，听说之后还有Cosplayer

高能演出……

然后就感到一道灼热的目光盯了过来。

"……"我沉默。

"……"对方也没有反应。

我这是对峙上了吗，远离人群的后果果然是会遇到坏人。

"我说……"对峙得实在是有点儿太久了，最后还是我忍不住先开口，对方大概是没有想到我会突然出声，被吓了一跳，猛地往后退出一段安全距离，保持着攻击的姿势，"……你从那边开始就一直跟着我到这里，盯我盯了快三个小时了，到底是劫财还是劫色你倒是喵一声啊……"

虽然没有那样跳起来，但我也是受到相当的惊吓的，毛都竖起来了，尽管坚强地把话说完了，但气势已经丧失，干巴巴的。

对方玻璃珠似的大眼睛警觉地盯着我。

"那边那么热闹你不过去，我竖了块猛兽出没生人勿近的牌子躲在这里，你还专门靠过来。"我故意拖着嗓子说，做出一副居高临下的样子，用咬了一口的香肠当作武器，指着对方上上下下左左右右点点点，就看对方视线锁定，小脑袋也跟着上下左右。

嘿嘿嘿嘿，音乐起。

"喂！"我用烤肠指挥着对方跳了国标，恰恰，探戈，Hip-Pop……终于玩够了，抽掉竹签把烤肠放在手心里，"我说你身上没有跳蚤吧。"

累得气喘吁吁的对方已经完全丧失警戒尊严了，并且为了证明身上没事，还在地上滚了两圈就嗖的一声顺着我的裤腿爬上膝盖蹿到我身上，和我手心里的烤肠一起完成最后一支舞。

钢管舞。

"……"我看看自己膝盖上黑乎乎的爪子印，沉默了一下，"你不是故意的吧？"

"喵……"吃饱了终于吭声了。

"算了，就当你不是故意的吧。"我大人大量，微微远目了一下，"看在大家都是孤家寡人的分上就一起坐着聊一聊吧。"

然后再转脸就只能看见一个小屁股，一扭一扭地跳下我的膝盖，顺着花坛边沿散着步离去。

咦，原来是男孩子啊。

"不对！"我跳起来，伸手抓住吃完就走的负心汉，拎着它脖颈就抱回到膝盖上，"这根烤肠是我五分钟前才买的，所以你跟着我一定不是因为它，大家同是天涯寂寞中人，我知道你爱的是我，一定不是因为这些身外之物。"

"喵呜！喵呜！喵呜！"

"你看，整个游乐园那么多人——"干脆揽在怀里，我一指头一指头地逆袭着它额头上的毛，"你偏偏跟着我，还跟了那么长时间，这是一见钟情吧，必然就是一见钟情吧。"

"喵呜！喵呜！"

"青梅竹马日久生情什么的根本就是扯淡！"

"喵呜！"

"决定了，就我们两个在一起了，人类简直是太麻烦了，为什么不能喜欢上一个人就一直喜欢，要么就一直不喜欢，为什么喜不喜欢这种事居然不是自己说了算的，为什么明明我都假装照着剧本走了结果还是要被这么雷的一章给当场拒绝掉了，究竟是为什么啊？！"

"喵呜！喵呜！"

"还是一见钟情好，一见钟情最棒了，我也喜欢你，看，多么简单的一句话，跟我走吧，你要是跟我走我就请你吃好吃的。"

"喵呜！喵呜！喵呜！"

"你是天生的野猫还是被人抛弃的？我觉得你应该是天生的，这么自由奔放的男孩子，我相当看好你哟。说到这个，我刚刚其实正在思考一个问题，我肚子倒是不太饿，但是像现在这种情况，独自一个人吃饭和不吃饭，到底哪一个看起来要更加的可怜一点儿呢？"我拍了拍它额头顶上已经被我抚摸得相当干净的毛，蹭了蹭，蜷起身体把猫咪抱得更加紧了一些……"这样孤单的一人一猫，在夜晚的游乐园里，远离人群，只亮着一盏孤灯的角落，相互依偎着汲取对方身上的体温……多么可怜，多么煽情啊……"

"快被你勒死的那个最可怜。"有个声音阴寒地响起来，阴寒下面暗藏着熟悉的黑线，还有严厉的指责，"你这明显是在虐待动物。"

我僵硬了一下。

盯着地面的视线范围里先出现了一双黑色的男士皮鞋，站在那里等了一会儿，才慢慢地走了过来。我没有抬头，还是保持那个煽情的姿势，然后一只手轻轻地拍在了我的头上。

"你在这里做什么？像只弃猫一样……"还没说完，我怀里好不容易从了我的小猫就抗议似的叫了一声，他低低的声音顿了一下，再开口夹了一点儿笑意，"两只。"

我使劲吸了吸鼻涕然后努力挤出点儿不存在的眼泪，终于攒出一脸的戏，抬起头号啕。

"唔呜呜哇哇……老爸啊啊啊……"

"谁是你老爸。"有人一怒,刚才还温柔温和温暖的大手微微一侧,就化身手刀劈在我脑袋上。

"好残忍!"我松了手去揉被打痛了的脑袋,怀里的小黑猫立刻就像逝去的爱啊,留不住地飞奔向郑先生,然后顺着西裤嗖嗖地就爬了上去。

身手敏捷,一气呵成。

……反正在我这里蹭干净了是吧。

"只是表示惊讶,你那个表情太过了。"他不在意地说,用手指夹住抱着他不放的小猫的脖颈动了动,后者的小爪子死死地勾着他的西装外套,一副我要找我的爸爸的样子,还用尾巴勾着简直太犯规,被勾引的人怎么可能扛得住,终于叹了口气选择放弃,小猫心满意足,大摇大摆地爬上他的肩膀,蹲下了。

真是个肩膀相当可靠的男人啊……不对!

"……你这个叛徒,"我这么年轻有为表情还能更过呢,我泣着血控诉,"只为了一袋猫粮就抛弃我了,说好的一见钟情呢,说好的真爱无敌呢,说好的一生一世做彼此的天使呢?"

"谁跟你说好了?"跟他没什么关系的人类倒是接得自然,一副其实不太想理我也就是随便问问的样子,却走过来,在我旁边坐下。

抽出一支烟,想了想又放了回去。

想抽就抽呗,我又没带花洒。

"就你……肩膀上坐着的那个,正准备舔自己屁屁的美少年。"我指点了一下,虽然不是故意的,但总觉得那个停顿好像有点儿微妙,我正式介绍,"我的新男朋友。"

他偏过头，看了一会儿。

"真的是男孩。"

"都说是男朋友了！"不然就介绍是女朋友了，我又不傻，"……话说你又在这里做什么，你今天不是……呃，有事吗？"

"嗯……"他敷衍地哼了一声，换了个舒展的姿势，手指点了点，小黑猫特别狗腿，指哪儿打哪儿地就从他肩膀上跳下来，蜷到腿上窝好，让他顺着背部到尾巴的毛，舒服得发出呼噜声，顺毛的男人淡着声音开口，"自己的妻子，说要和别的男人表白就算了，还介绍了新的男朋友回来，真是一件事接着一件事啊。"

听到"妻子"这样的称呼真使得我浑身一颤。

"胡说，刚出院的时候明明说了想要离婚什么的，'那正是我希望的'！"我夸张地学着他当时的语气，却在他泛起的笑意面前觉得有点儿没意思了，只好撑着下巴看向远处热闹的人群，"……你怎么知道我在这里的？"

"糖果屋。"他说，"逃亡的路线上留下了太多的标记。"

"虽然有些耳熟但根本听不懂你在说什么。"我不高兴地哼哼，"是来总结经典台词的吗？"

"我一路沿着小吃的摊位走……"他举起猫爪爪指了指前方的轨迹，"然后就看见了你。"

"走都走过来了也不说再顺便买点儿什么……"我干巴巴地说。

"在这之前我去了老板的面店，他说你可能会在这里。"

我看着他，不管脸上出现什么程度的表情这次都是真的震惊了。我确实是跟老板显摆过这件事，还被老板鄙视年纪轻轻会用个高科技产品有什么值得高兴的……关键是他怎么会跑去问老板我在哪里？

"我第一次去那家面店的时候……"他看出来了我的惊讶，多少带着点儿笑意地说，"只因为多添了一份炸酱，就被老板问认不认识你。"

真是了不起啊……我……

把脸埋在手心里，了不起的我发出将死之人的呻吟声。老板你真是卖得一手好队友……所以那个吃东西的样子很端正的是你啊，怎么会是你啊，为什么要是你啊，真的是你啊，果然还是你啊!

我没脸抬起来了，绝对没有脸可以抬起来了……

"你看起来精神不错……"他稍微哼了一声，腿上的猫咪抓住申述的机会，也跟着哼唧了一声，我从指缝中瞪它，郑先生用手指挠了挠它的下巴，"都有精神虐待动物了。"

"污蔑。"我反驳，都发出来将死之人的声音了。

"有时候真不知道你在想什么。"他沉默了一会儿，再开口，声音听起来有些松散，几乎要消失在不远处人群传来的狂欢之中，"总是不按常理出牌，有时候觉得你的感情和想法好像很复杂，有时候又单纯得可怕。"

"什么时候复杂过……"明明一直都是很单纯很可爱的好吗?

"我最近总是想起来些以前的事。"他自顾自地说着，"我想起来在很久之前的某一天，我因为有点儿事晚上回了一趟公司，我离开的时候路过你的办公室，看见你关了灯捧着咖啡杯子光脚坐在落地窗前的地板上，桌上的电脑一直在重复着一首很老的歌。我看不见你的脸，但总觉得你在哭。我昨天看见你躲在茶水间的储物柜后面，这一幕就一直挥之不去。"

"哦……"不知道为什么，突然觉得一说到哭，捂着脸的样子就

变得特别不好意思，我只好换了个捂着的角度，用双手托着下巴强行
装作远目。

我没开口，他也没再说话，我们就这么沉默了一会儿，我听见郑
先生问："你所说的一切都是谎言吗？"

我的心脏好像漏掉了一拍，然后又像补偿失去的那一拍一样剧烈
地跳动起来。

"……也有不是的。"我压制住那种无措的感觉，声线稳定。

"那这个呢？"

他没有和我多做纠缠，只是从西装的内袋里拿出一个长方形的东
西，A4的纸，单面打印了三页，折了三折，刚好是西装内袋的大小。

我接过来，对着灯光的方向摆弄，也只是摆弄个姿势而已。这东
西不用打开就知道是什么。

我笑起来："什么啊，你果然去帮我往教科书里塞钱了吗？"

"我还以为你——"他的话戛然而止，我不解，转头去看他，却
看见他一脸懊恼的样子，嘴角却是向上勾着的，"算了。"

"窝在被子里哭上一个星期连门也不出吗？"我帮他说完，勾起
了伤心事，眼神呆滞，"我是这么打算的来着，结果想起来今天有动
漫嘉年华，票都买了，浪费一张就算了，浪费两张那就是我活该沦落
至此了。"

"你是什么时候知道这件事的。"

嘉年华吗？都说了看漫画的时候宣传铺天盖地了。

"如果你问的是28岁的那个我，不知道。"我拖着声音说，"不
过要我猜的话也不会太晚吧。我只能假定她是从一开始就以你会恨她
作为前提的……等等，这事儿好像也不用假定吧？"我皱眉，连我这

种初来乍到的无知少女都感受得到这无与伦比的嫌弃，"不过你也不用太在意，虽然具体是怎样我也不太懂啦，就是觉得那个工作狂应该是连自己在内的所有人都下定决心不去相信了……"

"28岁的那个你。"他听不出来情绪地重复了一遍。

"都说了也有不是说谎的部分了……"我有点儿尴尬地看了他一眼，却顺着他的目光看到自己手上那份A4纸，晃了晃，"我是真的丧失记忆了，大概就是撬开门的那个时候知道的吧，之前只是总觉得有哪里不对而已……这个东西应该跟你今天看见它的时候在同一个位置，这顶多算是知情不报？"

"所以如果没有出意外……"他思考着措辞，"没有丧失记忆的话，你是准备和我离婚的。"

"应该是吧……"我摸了摸鼻子，有点儿不想把故意的那个部分交代出来，毕竟写好了离婚协议书，然后清除了记忆，这个氛围这么一简单粗暴地描述起来非常像是要自杀啊，不，说是自杀好像也不为过……28岁ID自杀，真是槽多无口。

根本无法直视啊。

"你持有的股份分转60%给我。"他不知道我在想什么，只是归结着协议书上的协议项，"辞去副总经理的职位，并向董事会提名我任职。"

"房子卖了各分一半。"我接着他的话说，"还有其他能卖的也卖了对半分，如果不卖要记得把我那部分的钱给我哦，毕竟我之后大概会变成个无业无房无依无靠的离婚高中毕业生啊……"我咬着一排指甲碎碎念，"这么一说感觉有点儿可怕啊，前途非常难以定位啊，果然还是要有钱才能安心啊……真是管杀不管埋的多写一点儿金额啊，28岁的那位我！"

"如果你一开始就发现了……"他语气平稳地说，"根本没有必要做到这一步。"

"谁知道啊……"还真是不知道，擦除记忆是用来以防万一应付测谎仪吗，这是有多谨慎，习惯性吐完槽我接着说，"我猜大概本来就不想再继续下去了吧，这种生活。"

我想着严岩的话，试图代入那种情绪中："不是说了吗，继承老爸的公司大概是我人生最不想做的事排行榜榜首吧，不过是意气用事而已。我猜如果没有发生之后的事，我坚持不继承公司，老爸也只能选一个可靠又有能力的人来接管吧……"那个人就是你，我心虚地把视线移到一边，"毕竟他是公司的董事长，和我妈加起来拥有公司最多的股份，虽然我转让了60%给你……但只是我自己那部分的60%，而且好像本来也就没多少……"我心虚的视线移得更远了，"所以公司还是我们家的。我什么都不懂啊，搞得这么悲壮，我还以为离婚协议把公司送给你了……"

虽然公司经营什么的隐隐觉得理论知识好像学过，但就算有知识巅峰的加持，高中政治课果然对我来说也是相当高不可攀啊……

所以无业无房无依无靠离婚政治没学好的高中毕业生前途果然根本无法定位啊。

但是60%啊，为什么这么多啊，都是我自己的钱，字没签还价应该还来得及吧，电视里不是经常提有个什么赡养费来着？

"这些都是你猜的？"

"我给我爸打过电话了……"我收了胡思乱想说。

电话里整整一分钟没有声音，我还晃了晃，确认不是手机坏掉或者此区域突然断信号以后还以为他老人家被我气得这10年间得的什么不为我所知的老年病犯了呢……

当然主动丧……丧失记忆的部分也还是没脸提，真的是不管用什么姿势都无法直视啊……

"如果我不接受呢？"他沉声说，我不知道他究竟是认真的，还是只是故意列了个反问句，"既然你没有在一开始阻止我，我现在做的事，继续做下去我得到的将远远不只这些。"

我有些哑然，感觉就像考试到最后突然看到个补充题答错了还要扣分的感觉。

"为什么？"我呆呆地说，"你只是讨厌我而已吧，盛唐想做的只是拆分，吸收我们……这不就和那个我，当初对你做的一样……"

"凉夏！"他第一次连名带姓地叫了我，语调依旧平稳，但声音的温度降了下来，就连窝在他腿上已经开始打起瞌睡的小黑猫都睁开了眼睛，警觉地回头看他，"……我再问你一次，你所说的一切都是谎言吗？"

"……"我停滞了一会儿，想着他说的话，想着我说的话，有点儿茫然，"所以你是一定要用同样的方法报复回来吗？"

他的表情闪过一丝怒意，却在我确定那不是我的错觉之前就消失了。

"当初想收购我家的是催尚杰。"再开口，他声音依旧冷淡，"你父亲不愿意和催家打交道，找了个借口提出解约，却令我们腹背受敌。你承诺我说服你父亲给我们继续合作的机会和一部分资金援助，我们达成交易。"他平铺直叙，"但你最后还是做了和催家一样的事。"

　　所以这就是让催尚杰吃亏的部分吗……果然是相当无聊的自尊心。

　　"原来是被骗了啊。"我感觉到自己的嘴角压制不住地往上，但气氛又实在不适合笑出来，"强抢民男的部分不是挺萌的吗？"

　　"你为什么又把这份离婚协议书放回阁楼了？"他不为所动，问我，"你还有什么不是谎言的部分？"

　　"大概是因为我在等一个风和日丽微风拂面就连许久不见的阳光都出来灿烂一下的某个周末下午吧。"我别有深意地说，"毕竟是第一次离婚，还是郑重点儿好。"

　　尤其是第一次结婚又没赶上。

　　长久的沉默。

　　长久得我都有点害怕了，忍不住偏头去看，却看到他直直地看着我，好像有些说不清道不明的东西在那里，我竟然有种回避不了的感觉。

　　"你签字吧。"我说，把那份离婚协议书递出去，他没接，我转而递给男朋友，美少年已经趴着睡着了，抬起肉肉的小垫垫压住，"就算继续下去我猜你也不可能真的做什么，不管是你，还是那个我。"

　　"为什么？"

　　"因为你们两个都很没用。"我说，"居然把一个17岁天真可爱柔弱无辜的少女，也就是倒霉的我，当作心狠手辣毫无责任感的白眼狼。还因为你的爸妈都对我很好，因为如果是以你们两个结婚为前提，两家公司的合并倒是理所应当的像是成为一家人一样，虽然我不懂你继续你现在做的事会得到什么更多的，不过，你真的会把这样的公司出卖给别人吗？"我停了停，不想去看他的反应，而这也不是真的提了个问题，"而且也做不到吧，如果她真的把全部筹码都压在打感情牌上，又何必需要抛弃掉10年的记忆呢……"

"……什么意思？"

"实话实说，我不懂，我只知道是高新区的那个项目，老爸说你太急于求成了，那是政府项目，真做下去不好看的恐怕不只是场面了。"我转达完父亲大人的怒意，哼了一声表示嘲笑，"不过是更多的恨意罢了，哪有什么新鲜的东西。"

"你刚刚说记忆的事，说清楚。"他像是没有听到那些失败与否的东西，却只有这一点不容敷衍。

"就是字面上的意思。"我也正经了神色，果然还是不想提这件事，但事到如今，不提又总觉得哪里憋闷得难受，"就是你听到的，我的失忆并不是意外，而是通过人为的方式进行了清除，而为的那个人就是我自己，或者用更加准确的说法来说，这10年的记忆还在那里，只是关闭了通往那处的路径而已……这算是谎言的部分吗？"

他没有说话，似乎一时无法理解，丧失了反应的能力。

我倒并不十分在意，说了就说了，只是变换了姿势，用手支着身体，仰着头看向天空，远处游乐园的灯光渐渐熄灭，烟火晚会就要开始了。

"她自己跟严岩说，不想再继续了，结果不管是公司的事还是老爸那边，什么都安排好了，费这么大力气只不过是找我给她演一个白眼狼帮她下杀手罢了……真的非常的没用啊，你们两个人，执迷在自己的感情里，陶醉吗，矫情吗，简直可悲到连我都憎恨起来的程度……"我想到这个格式的句子，忍不住笑起来，终于偏头看他，

"好吧，我是说我，你只是纯倒霉。"

"不过果然是这样啊……一直都在说清除记忆什么的听起来很冷门，不就是那个意思嘛……"我勾着嘴角，"就是忘记的意思嘛。"

"我把你忘了。"

他没有说话，长久地看着我，而我的话都已经说完了，也只能这么回看着他，然后他开口，却在同一时刻一个巨大的烟花突然在我们头顶的天空绽放，明亮宛若白昼，伴随着人们激动的尖叫声，游乐园的中心广播响起节奏激昂的音乐，烟火晚会开始了。

他的声音被湮没其中。

而我就这样什么也不想问。

"想不想跳舞？"音乐转向轻快的时候我起身，站到他面前伸出手，清了清嗓子，"我虽然不会跳舞，但是我可以踩在你脚上晃一晃。我常常看爱情电影、电视、小说、漫画上男女主角就这样跳舞，一直都想试试的。"

这真的是一件多么浪漫的事啊。

他把小黑猫放在花坛上，压着的那张纸，我们谁也没再多说一句。我脱了鞋，兴致勃勃地保持平衡站在他的脚上，然后伸手环过，抓住他西装外衣腰后的部分。他揽着我，还真的随着音乐小步小步地摇晃起来。

"原来你有这么高啊。"我抬头，可以仰视他高挺的鼻梁，薄薄的嘴唇，还有紧绷着的光洁的下巴。

"接下来你打算怎么办？"他目视前方没有看我，声音好像直接从他胸腔里震动出来一样。

"要走回人生的正轨。"我坚定地说，理想远大，"当一个有钱的闲人二世祖。"

他短促地笑了一声，我于是也跟着笑了起来。

"有一大笔的赡养费。"我接着说，特别郑重地交代，"然后你一定要好好经营公司啊，让我那剩下的，少如残渣的股份也能在每年年底的时候拿到好多好多的钱。"我交代完了，"……然后我就去一个你不知道的地方，重新开始，再好好地活过这10年。"

你也可以终止一场等待，回到真正爱着的人身边，果然相爱的故事还是应该用在一起来结尾。

我把脸埋在他怀里，听他心脏跳动的声音，呼吸之处满是咖啡和烟草淡淡的味道。

好好闻。

"哭什么？"他说。

我摇头，把眼泪鼻涕蹭在他衣服上。

他有些无奈，却没动，任我蹭着。

"猫粮……"

"嗯？"

"一直喜欢一个人好不好，就像言情小说男主角，不管再怎么脑残眼瞎花样作死把书里书外的人都雷炸过去，但是一直喜欢女主角一样，一直喜欢那个人好不好？"

他的心跳停了一拍。

"……好。"

第十三章

你 不 知 道 的
地 方

still

a

minor

at

28

　　"哦？然后呢？"陈羽一副八卦小报狗仔队的嘴脸奋笔疾书，还抽空舔了舔笔尖，记录得相当没有节操。

　　"然后我就来到了这个'你不知道的地方'，从此默默哀伤了此残生了。"我放下咖啡杯，望了一眼窗外的灯火通明，闲散地说。

　　"咦？不对啊老板，你说的明明是重新开始，再好好地活过这10年啊。"

　　"……"我维持着那个望向灯火通明的姿势不动声色地想了一会儿，再开口语调不变，"然后我就来到了这个'你不知道的地方'，重新开始，这是好好活过的第二年。"

　　"嗯，确实是比较有梗。"陈羽立刻配合地将刚刚那刻当作没有发生，也冲着窗外远目了一下，"适合用来当小说素材。"

　　然后埋头继续写。

　　"话说……"我斜过眼睛扫了她一眼，"你的小说就是这么写出来的啊，亏我当初还是出于对知识分子的敬意收留了你，伪装得那么诚恳，你这个作者真是值得读者践踏。"

　　"艺术源自生活嘛。"作者同志厚颜地冲我咧嘴一笑，手下依然笔耕不辍，仔细一看，用的还是店里记录点单的小本本。

就连我都觉得心情复杂了起来。

所以说，我究竟是为什么会跟这个人认识的啊……

和猫粮离婚以后，我跟随给我收拾完烂摊子的爸妈四处游玩了一阵，在那个全球最幸福的海岸上学会了冲浪，却因为太抢中老年人的风头而被逐出领域，之后自己独自晃荡过几个地方，在酒店的房间里往地图上画圈圈的时候突然就想起来高考前我们四人约定的毕业旅行，好像时间回到它原有的轨迹，有了无比真实的触感，突然变得恍若隔世，却又在瞬息之间只剩下我自己一个人，于是就干脆这么走了下去。在到达日本的时候想过去找白晓柠看看，却发现原来10年的时间，就算联系一个人的方式变成了过去的好几倍，最终放弃的原因却还是一样的毫无长进。

终究不过是再回不到从前，终究不过是再一个10年，然后终究不过是物是人非。

猫粮果然遵守约定，让我得以体验到有钱有闲的下场必然是"No Zuo No Die"，挥霍了大半年不怎么大好的时光后，我用离婚得到的钱，绰绰有余地买下一个店面。细数了一下自己的兴趣，因为喜欢喝咖啡，也喜欢吃炸酱面，还很喜欢看动画、漫画和小说，全然不搭界，于是就这么机智地确定了反差萌的主题思想，剩下的则全然没有计划。敲定设计后我把装修交给专门的公司，然后用这段时间闲闲散散地把煮咖啡的技术从速溶提升到手工，再提升至翻出花的阶段，所幸我也不用真的靠开店维生，也就任由着自己胡来。

至于陈羽这个人，大概是在店铺勉强成型开始宣称营业的第若干天，店子很空除了老板连商品都没几个，我闲着无聊捧了本小说在店门口杵着，很没诚意地做着打扫，更没诚意地想着下一步的走向。她就是这个时候出现的，一张脸从我捧着的小说后面袅袅地升腾上来，盯着我看了半天，然后突然灿烂无比地说，这本书是我写的，我给你签个名，你让老板雇我吧。

这么蠢萌一定是作者。

因为她的小说有着很强烈的分镜感，我想大概也是个喜欢画漫画的，于是就雇了下来。

熟了以后发现这么蠢萌果然是作者！而且我们果然是志趣相投物以类聚茫茫人海遇见你。

志趣相投物以类聚的人在一起要么是境界升华得高，要么就是节操掉落得快，不过不管是往哪个方向走，效率肯定是提高了的。于是在陈羽参与进来以后，我的店很快就有了更加明确的目标并且更快地就开始正规营业了，当然快得拦不住的果然还是冲向恶趣味的速度，在邪道上一路烈焰狂奔头也不回。

我负责煮咖啡，陈羽则负责调酒的部分，有时候提供炸酱面，至于店员的制服……就Cosplay各部动画、漫画里出现的帅得一塌糊涂的服务生吧。

大概也因此店子变得比较特别，尽管乱七八糟得连我这个店长都搞不清楚最终到底是该定义为一个什么店，而且卖的东西无论从内容上还是价格上来说都是相当任性，却因此吸引了一些很有意思的人，认识了一些特别的朋友。

我觉得很不错啊。

这样的率性生活，大概一直都是我想要的吧。

"嗯……"陈羽终于停了下来，看着我突然严肃了一下，"老板，你这个表情，是在想猫粮的事吗？"

"是啊。"我点点头，坦率承认，兼代一脸的沉痛，"我发现小F的猫粮开销最近是越来越大了，真是不知道感恩，不好好工作勾引客人就算了，寄人篱下还吃得这么豪迈，现在居然还给我挑起食来。"

顺手拎起来在脚边睡觉，蜷着的一团，这重量果然是胖了不止一圈。

被打扰到睡眠的猫咪因为懒只是象征地扭动了一下表示抗议。

所以这位就是那天在游乐园捡到的美少年，原本是为了省事想要直接叫它嘉年华的，但是因为总是伸着四肢还侧卧并且直着尾巴呈现一个F字形的睡姿实在太有特色，所以最后大家都叫它小F了。我走的时候也捎上了它，结果明明是新找的男朋友，却被定义成争取到了孩子的抚养权。

总之已经不想再听到任何关于年龄的吐槽了。

"当猫的有义务没心没肺啦。"陈羽很愉快地抱过来那只吃我的喝我的就是不亲近我的猫，小F则再次无视主人在这边的事实对陈羽表示了一下不嫌弃，大概是物以类聚，没心没肺的和没心没肺的比较容易合得来。

我无声地鄙视了一下。

"我是这样想的，"吸收了我的鄙视连泡都没有冒一个，陈羽把小F放在腿上，转了两圈笔，"出于很明显的原因我这么正直当然不是真的会把老板的故事照原样写出来的啦，艺术要是不高于生活就体现不出作者的重要性了。"

"哦？"我抿了口自己煮的咖啡示意她可以开始讲重点了。

"我研究分析了一下，发现老板的故事还是有很强的可塑性的，比如老板你作为一个抢人家恋人的恶霸……道总裁，居然没有出现被正牌女主糊一脸这种场面实在有点儿遗憾。另外情感方面大快人心的部分也实在不够，男主角似乎也没什么特别苏的地方……不然你看这样，前半段我就还照你那样写，后半段的真相其实是猫粮和严岩有勾结，最后你和炸酱面店老板远走他乡，然后这个故事大概就可以叫作《我爱错了他》。"陈羽咬着笔已经完全沉浸到剧情的编排里了，"再不然就干脆以老板失忆前后的性格差异作为重点，按照你第一次总结的那段立意挺高的思路，先黑一黑加深下误会，再洗洗白痛苦下内心，生离死别多洒狗血，大虐之后我给你个HE，题目就可以叫作《一生两世，先攻后守》？"

沉默。

……怎么回事怎么感觉有点儿好看突然苏起来了感觉会红！

"写！"我压制住少女心，硬撑出来一个淡定的斜视，慢慢地说，"只要你敢写我就敢看。"

"老板你真随和。"结果作者反而天下太平起来，一脸假笑，"所以老板你可不可以当作刚才是我童言无忌，就让大风把它吹去吧。"

"没问题。"我笑起来比她还假，顺手拿过账单，在上面写上"冰拿铁两杯，店长特别调制"，随意写了价格，往陈羽脑门儿上一拍，"比起付现我觉得你可能会比较喜欢从工资里扣。"

"可以分期付款吗？"她自知理亏不能反抗唯有深情地凝视着我。

"前两天你给我挖出来的坑快点儿填一填就可以了。"我是优质老板对员工张弛有度宽容有加捡都捡回来了……

"新挖一个吧，我觉得老板的故事还比较萌。"不知死活。

"那就两个一起填。"不知道这个世界上最柔嫩最千疮百孔最想把作者供起来但是每一个没有更新的日子都想把他们秒杀掉的就是跌入坑底的读者吗，我越想越受伤，"现在就给我滚回去撒泥，今天晚上……就不通宵了。"

我的店是24小时营业的……至少绝大部分时间是，晚上基本都是陈羽守店，她赶稿习惯日夜颠倒，反正放在哪里都是放着。我没事做也会过来，今天只不过是单纯地不想营业。

店里的客人刚好不多，刚才在最后一位客人离开的时候我突然就很想这样在自己的店里一个人待上一会儿，不知道是不是给陈羽讲了那些事的原因，突然有那么点儿伤感。

陈羽抬起眼看了看我，保持笑容地点了点头，一副不知道懂了什么的表情。她把剩下的咖啡慢慢品完……以表示对老板特调的无上尊重，毕竟是自己掏银子买的……然后换了衣服收拾东西就离开了，出门时和一对刚进门的情侣道了歉，然后体贴地把门外"结束营业"的牌子翻了过去。

我默默地看她做这些事，竟有些现世安好的错觉，直到她例行公事地交代了我注意安全，我随声应和，转眼看小F，四目相对的时候它立刻以离家的孩子啊管不了的速度飞身蹿入陈羽的帽兜，在勒死我目前唯一的正式员工的同时，也无情地抛弃了我。

不过仔细想想都家养了，不适合再做自由奔放的男孩子了吧。

我坐在吧台上，撑着脸凝视窗外。

陈羽只给我留了一盏灯，很适合的距离，橙色的圆形光晕，我刚好在光晕的边缘。

留下的还有店里的音乐，却是一首我从来没听过的歌，调子轻快，就像那天我踩在他脚上，轻轻摇晃过的旋律。我听了一会儿，然后脱了鞋，抱着咖啡走到窗边的大椅子上坐着。

咖啡是自己调制的冰拿铁，在我很久之前阅读过的一本关于咖啡知识的书上对于冰拿铁这样写着：这是一道利用比重原理造成层次变化以增加视觉效果的咖啡，利用该原理，可使咖啡做出无限的变化，可视个人创意、喜好、心情来任意组合变化。

那个时候我对自由和随意有着几近神经质的追求，沉迷于"可视个人创意、喜好、心情来任意组合变化"这句话透出的随性就喜欢上了，不知道现在这个样子，算不算是真的做到了呢？

不一定是好事，但也许是这一辈子都不应该舍弃的事，虽然最后做到的可能也只是视觉上的效果。

只是视觉上的效果吗，这样的自由自在无拘无束随心所欲的生活。

"那么看不见的地方呢，很深很深的心里呢？"

我试着问自己一下，声音发出来在空空荡荡的店里显得有些怪异，突然就觉得这个行为有些好笑，于是抿了口咖啡把这个问题冲掉了。

和陈羽的相处简单到没有任何负担，我们是同一种人，交谈就像是丢皮球，你怎么丢给她，她怎么还回来，不会抱着不放，只是有一天想说些什么了，她就认真地听，用她自己的方式，不发表评论不表示看法。

虽然具体实施起来作为当事人还是挺想在她脑袋上串一串葡萄出来的。

没注意待了多久，把外面卷门拉下来的时候周围大部分的店家都已经关门了，陈羽走的时候时间就已经不早了。

虽然苦苦等待了这么长的时间，但没有，通向开车技能的那部分明明听说只要掌握了就永远不会忘的记忆不管我怎么召唤也始终没有觉醒，我只有默默地走到路口，这个时候的出租车也不好等。

晚上烤了用作赠送的小饼干，今天的份还剩下不少，虽然不喜欢吃甜食，但这种我和陈羽还有陈羽的室友陶木三个人一起闹着玩做毁了无数次才诞生的小饼干却是我的心头好，压着我自己设计的Logo，不甜，但香得很温暖。

做成适合丢到空中用嘴巴接住的尺寸，我和陈羽很喜欢这么玩，有时候会像现在这样一时兴起。

但我是技术差的那个，尤其是在受到惊吓的时候。

铺垫了这么多前情，其实我就是想说，在深更半夜我独自一人走在无人的街道，突然有个黑影冒出来，用刀子指着我说把你的钱包和值钱的东西都拿出来的时候，我就因为冷不丁受到惊吓差点儿把手上一个小饼干扔到强盗先生微显朝天的鼻孔里。

于是在这么个严肃的时刻我和强盗先生之间就产生了一个很尴尬的沉默。

还有噼里啪啦掉在地上的无数黑线。

"呃……这个，我钱包里面有些钱……我给你，请你不要伤害我……证件你拿着也没什么用就留给我吧……"因为破坏了强盗先生对自己勇猛凶狠形象的设定和憧憬，我心里稍微有些过意不去，配合度自然无比高，尽管这标准台词念起来有点儿生硬不够涕泪俱下，而且似乎还兼代讨价还价的嫌疑。

"呃……那个，还有什么值钱的东西……对，首饰，手表，手机，有什么也都给我拿出来。"强盗先生的心理落差有点大，语气自然跟不上形式，显得有些不自然。

"呃……这个，我没有戴首饰和手表的习惯……手机也请高抬贵手……对了，我这里有些小饼干还不错，可以给你，我们家小饼干是老板手作，店铺专供，外面买不到的。"

　　我诚挚地递出除了钱包和手机外身上仅有的"外物"，好像还顺带打了个广告。强盗先生又是一阵沉默，大概是看到小饼干想到了破坏气氛的首发一幕，表情显得扭曲极了。

　　我后知后觉又是一堆黑线。

　　"不好意思，麻烦让让。"随着一声叹气，一边的阴影里走出一个身材高大的男人，看着我，昏暗的街灯在他脸上投下半明半暗的晦涩界限，他的表情也晦涩不清。

　　"你们挡到我车门了。"他说。

　　愣掉的我和本来就没愣完的强盗先生听话地各自往各自的左右侧退了一大步。

　　男人打开车门却没有坐进去，只是俯下身，在里面摸索了一番，如释重负地摸出来一个厚实的皮质公文包，在手上掂了掂。

　　在一边目睹的我和强盗先生不明所以地看着他做完这一切，还交换了个"你怎么看"的眼神，然后就见那男人稍稍抡了胳膊，用力地把公文包拍在强盗先生的脑袋上。

　　啪嗒，后者就昏了过去。

　　我的眼神追随着强盗先生被地心引力召唤的轨迹逃避了一会儿现实，才战战兢兢地回到了男人身上。

　　"里面的文件足够厚，外面的真皮足够软，我换了几个才找到这么合适的。"他不以为然地把突然就爬上兵器谱身兼最佳凶器一职的公文包随手扔回车里，声音无波无澜，"我都不知道出来究竟该帮谁，你总是这样让人处于常理之外吗？"

　　我露出一个放射性的灿烂笑容，足以把他脸上的晦涩全部打成高光。

"这么巧，又见面了。"我灿烂地说。

"一天见你好几次，"郑伟嘉郑先生抱着胳膊靠在车门上，表情也很平淡，"摆出一副诀别的样子，说出那种话，却把店开在公司的对面，你是怕我找不到你吗？"

"你要是知道我用多少钱盘下这个地段这家店铺的，你也会觉得什么情啊爱啊纠葛啊命运的轨迹啊世纪末的对决啊……都不重要了。"就算没有镜子我也知道自己脸上的表情有多么奸诈多么市侩多么欠抽，这也是有前科的。

经此一役我也算是认清了，难怪老爸就算装心脏病也要让我继承公司，天生的，果然是爹生的。

所以才有了人类反抗命运的故事。

"'你不知道的地方'，你也真敢拿来做店名。"他没有生气，反而笑了一下，"面店老板怎么舍得把店给你？"

"还附赠了制作秘制炸酱的配方，然后就漂洋过海享受天伦之乐。"我也笑，"话说你大半夜的还在外面晃荡什么，加班吗，看来我把公司交给你果然是相当的可靠啊。"

"也差不多了，想起来有件事情一直没有做，回来处理一下。"他语调淡定笑容和善。

"是吗，专门绕到这里我还以为你终于忍不住要到我的店里砸店砍人了呢。"我表情诚恳笑容真挚。

"我是有这个打算的。"他偏头点了点躺在地上的强盗先生，"谁知道有人提前关了店，砍人也差点儿被抢了先。"

我保持笑容，挑着眉看他。

"所以，你这是想不开要送结婚喜帖给我，还是已经到孩子满月酒这个进度了？"

"我不知道。"他说，"你告诉我。"

"好吧，其实小F不是你的孩子。"

是这种类型的故事吗？

他没有说话，只是带着一丝无奈的笑意看着我，让我觉得他可能再也不会被我远程杀伤到了，竟然有了一丝丝的难过。

"那么……话说这个人要怎么处理啊，放他这样躺着……今天似乎很冷诶。"我开口，问的全然不是想问的话，只能裹了裹外套，充满同情地把注意力放在躺倒一边的强盗先生，并且由衷地关心了一下，差点儿忘记郑先生有地下室吊着一个沙包的设定，真是专业素质感人。

他也顺着我的目光看了过去，想了想掏出手机在屏幕上点了几下。

"喂，俊明，嗯，是我，今天有没有在值夜班？那刚好。"他报了一串地址，把事情简单地说了一下，"对，在一家店的前面……叫作'你不知道的地方'，不……那个是店名……是，我知道，嗯，麻烦你来处理一下……找人处理一下也行，最好快点儿，我还有事，要先走了。"

然后毫不犹豫地挂掉电话，看着我。

"电话那头好像有人在爆骂诶……"我试探性地指出，就连隔着这么个距离的我都能清清楚楚地听见那边遣词造句地还鄙视了我家的店名……他真的可以这样单方面简单平淡地讲出上述那段话吗？

"那个是连阵，无关紧要的人。"

可以。

"等等，难道是连医生……是我认识的那个连医生吗？"真是人生何处不相逢，怎么也不会想到是在别人的听筒那一端……

"来吧，我送你回家。"他完全不在意，只是转手拉开车门就轻描淡写地抹杀了连医生的存在感。

"……那我就不客气了。"我坐进去，倒是省了出租车。

我现在住的地方离店不近，但也算不上远，大概就是个最近在考虑买辆自行车的距离，房子不大环境倒是不错，三室两厅还有个阳台，是我一直想要住的公寓式，位置在7层，被城市建筑包围着，从窗户望过去，只能看到离这个小区不远的范围，但是风景足够。

只可惜公寓里不能养猫，一个人住显得有些太无趣了，本来想骗陈羽和陶木来当我的室友，哪怕用免房租诱惑，结果被两人用懒得搬家这种不科学的理由无情地拒绝了。

"不邀请我上去坐坐？"把车在楼下停好，有人又进一步提出要求。

"不用了吧，孤男寡女又深更半夜的多不好，就不用上去了吧。"我直言拒绝语气婉转。

我们都没有动，车里安静了一下。

有人轻声地笑了。

"就这样吗？"他突然把右手搭在椅背上，靠了过来。

"就这样吧。"我顺势而为，配合着他往后仰，直到头快要撞到后面的玻璃，他的手却揽了过来，从后面扶住我的头。我看见他低垂着的眼睑，表情有一种让人心慌的专注。

"她呢？"我强迫自己保持造型维持表情，装得无比淡定。

于是就在四片唇快要碰到的瞬间，他停了下来。

犹豫着，可以感到温暖潮湿的呼吸掠过我的脸颊，唇上一阵阵似有似无的触感，痒痒的，却不确定。

我屏着呼吸，看他，一阵紧张让我的身体不自主地微微颤抖。

"我说……"我终于忍不住开口，连声音都是颤抖着的，"就算你要内心挣扎着两相凝视也不要这么近距离好不好，我这样集中地看你感觉眼压有些大呢。"

开了口唇就碰到了一起，那么微微地擦过，他的嘴唇温暖而干燥，这一点点感觉却显得无比清晰，让我无比介意。陌生的情愫涌上，就感觉自己的背狠狠抽了一下，心跳开始不受控制。

他突然低声地笑了，犹豫散开了，于是狠狠地低下头吻了上来。

他不是在泄愤吧？

我没有反抗，就这样让他吻着，先是四片唇贴着慢慢地厮磨，然后勾引似的伸出舌头，开始沿着我抿着的嘴细细勾勒，试着撩开，我却毫不配合，于是他狠狠一咬，毫无怜惜之心，一股血顺着已经温湿的唇边渗进我嘴里，腥甜的味道散开。

我怒意丛生，猛地张开口咬回去，结果反被攻城略地，索性咬他的舌头。他也不躲，舌尖舔着口里的每一处，被咬了再咬回来。我也不甘示弱，终于使用作弊方法，一脚踹了上去，他闷哼出声，终于结束了这个血淋淋的吻。

我们依旧淡定地微笑着看对方，除去有点儿急促的呼吸和对方都听得见的剧烈心跳。

他斜着身子把我压在椅背和车门上，一只手抓着我的左手腕一只手托着我的头，我没被禁锢的右手抓着他的衣服，踹完的那只脚搭在他的腿上。

盯着对方的眼睛。

……

气氛燥热得快要裂开了。

第十四章

我 为 你
留 下 来

still
a
minor

at
28

　　"难道你这就是传说中的妻不如妾妾不如偷偷不如偷不到？"我终于疑惑开口。

　　他破功，整个人干脆就直接收力，顺势埋在我颈窝里，低声地笑起来。

　　"你还安好吧？"我反倒一口气卡在肺里，感觉立刻就要被他压到断气，左手还被他的右手卡在车门的玻璃上，无力反抗，只好指挥着右手挣扎着爬上去，虚弱地揪了揪他已经略显凌乱的头发。

　　"不能更好了。"他的声音从我的脖子上传出来，显然和我这个快断气的生命值不在同一位面。

　　"那就麻烦你放小的一条活路吧……"我终于开始哀求，这个人闷骚转外，时不时装无知乱散荷尔蒙，现在发现果然是个好色大叔，对我的脖子像是玩上了瘾一样，牙齿擦过的时候我感到浑身鸡皮疙瘩泛滥四处，已经快和发麻的头皮会师了。

　　被狼叼在嘴里的感觉也不过如此吧……

　　大约是我真的已经诚意濒死，他终于决定杀人是不对的，稍微支起身体。我深吸一口气，新鲜空气突然流入，肺部一时反应不过来，剧烈地呛咳起来。

真的会死在这儿的啊。

好不容易稳定住身形，为了避免继续眼压过大，我稍稍向下滑了一点儿拉开距离，虽然是自下而上，但好歹是瞪住了头顶上那位挂着无动于衷的笑容，像看一尾岸上将死的活鱼一样袖手旁观地看着我的男人。

"我踹你哟。"我愤愤地说，连我自己都觉得说得很有威慑力。

"你刚才已经踹过了。"他目不斜视地看着我，十分淡定，我反倒没来由地一阵心虚，眼神不自主就飘到还维持着踹他的姿势的脚上，还妄图掩饰地挪了挪，裤子上就显示出一个尺寸吻合的鞋印。

平底鞋会印得尤其完整……

"我说了……"他对此完全不在意，居高临下地宣告，"想起来有件事一直没有做，回来处理一下。"

我居然有那么一秒钟感到了心虚！

顿时无名火起，反攻是无望了，干脆拉着他的头发向自己按了下来，他先是愣了一下，却顺从了，放弃了反抗的力量，正中我意。我故意在嘴唇堪堪擦过他的时候瞄准了脖子，张嘴，然后狠狠地咬了下去。他疼得吸了口气，我却听到疼痛中夹杂着的一丝笑意，牙齿上的力量消失了。我松开他，肾上腺素冲刷着嗜血的快感，我在那个清晰的牙印上舔了舔。

"……哼。"我说。

"你……"他绷紧了呼吸，再开口时声音几乎有些嘶哑，却是哭笑不得的语气。

"以彼之道还治彼身。"我得意扬扬地挑了挑眉，摆出一个标准小人得志的造型。

"还能还来更多的吗？"他却敛了笑意，直直地看着我，"比如那10年的记忆。"

我把你忘了啊……

自己的话在脑海里响起，再看他的表情，几乎有些透不过气来。我失了力气，也失了兴趣，把头后仰着靠在车窗上。

"要那种东西做什么。"我说，"是个超级失败的家伙啊，那个我，赌着气毁掉了自己的人生，总在不合时宜的时候爱上又或者不爱，明明什么都知道，什么都安排好了，却始终下不了决心，宁愿用失去记忆的方式来选择逃避。"我呻吟了一声，"真是越说越没用了啊我。"

他没有说话，静静地听我抱怨。

"我只是觉得，至少变成一个完全相反的人的部分想要试着去理解。"他这样看着我反倒让我有点儿不好意思，只好抚了抚他的头顶，把那些被我揪乱的部分归了归位，才继续说，"这段时间也是想了很多，虽然大部分都出于赌气，不过改变这件事，从某种程度上来说也算是成长的本意了吧，通过改变和修正自己，去解决或者承受成长过程中的挫折和痛苦，并不是全部都好，但也确实没那么糟。"

"17岁的是你，28岁的就不是你了吗？"他淡然地说，"自以为是的家伙。"

"……还年轻，没有那么超脱的心理。"我用若有所指的目光上下轮了大叔一遍，然后咬着舌头说，"但除此之外的部分确实很没用，一辈子都要记恨死。"

"我看过资料了……"他把我掏心陶肺试图带跑的话题又带了回来，"我知道你不是真的失去了那些记忆。"

　　"嗯啊。"虽然躲不过但也没有要隐瞒的意思，我尽量坦然，"我是这么说的，不过是方式上的差别吧，最终的结果都是一样的，但这已经无关紧要了不是吗？"我偏了偏头看着他，做出一脸坏笑，"说这个干吗，想挽回逝去的爱？"

　　"是。"他到一点儿也不含糊。

　　"你倒是坦率。"我噎住，有种不明所以的蚀把米的感觉，我把焦距放得长远，窝在那里平静了一会儿，然后四肢乱动，拼命挣扎，"走开，你走开啦！"

　　他早在被我四肢波及之前就轻松放开，一派从容的样子。

　　"你要逃避到什么时候？"他从容地说，"这样一笔带过，挑了开头没胆量看后续？"

　　"哪有什么后续？"运动量太大，我有点儿喘不过气来，"后续难道不是有情人终成眷属吗？我虽然比你年轻，进度上还差一点儿，但最近专程来我店里吃炸酱面的人也是渐渐多起来了呢。"

　　何况我有钱有闲年轻又有想法，好好款待自己才是正道。

　　"你……"他终于接不下去，半是无奈地勾了勾嘴角，"我怎么摊上你这么个……"

　　"我这个什么？不对，才不是你的。"我打断他，"你明明答应我会一直喜欢一个人，不管——"

　　"不管再怎么脑残眼瞎花样作死，没错——"他打断我，"我确实答应了。"

　　怎么感觉好像哪里中枪了？

　　"你要逃就给我逃得远一点儿，现在这样算什么？"他换了一张阴沉的脸看着我，"不要告诉我你还没看够，还没玩够？"

　　"我……"我词穷，哽了一下，满是沉痛，"我原本也是这么想着，反正没什么事做，不然就这么满世界地游荡下去好了，还特别回来一趟把该处理的都处理掉，再最后吃一次老板的炸酱面。结果万万没有想到老板那个一直在国外的儿子终于使出杀手锏，给老板生了个孙子，老板也真是的，坚持了那么多年鳏居卖面不给儿子添麻烦，不过就是个孙子嘛，就耐不住寂寞欢天喜地地把店转出去了，你说我悲喜辛酸小半辈子的精神文明都建设进这家店里了，转眼要是开个什么网吧游戏室歌舞厅什么的简直是乌烟瘴气，所以我就想算了，要腐败还不如我自己亲手上。"

　　反正心狠手辣白眼狼嘛，好歹也是个初始设定。

　　他静默了一会儿，平淡地问："就是因为这个留下来的？"

　　我点头。

　　"说谎。"

　　我哑然，一哑然紧迫感就出来了。

　　虽然踹也踹了，舔也舔了，但是按照可能还有的正常的对话线路来说，我现在还是有三条路可以走的，要么质疑他凭什么说我是在说谎，要么反问他不然我是为什么留下来，再要么就是否认他的指摘。坚持我没有说谎，但是不知道为什么，感觉三条路不管哪一条都有自投罗网死状凄凉的嫌疑，三项权衡没有哪一个稍微轻点儿的可以取用，我决定还是另辟战场从风马牛不相及的角度入手。

　　"是说你有没有觉得再次登场你给人的感觉有点不太一样？"以前不是都闷着嘛，怎么这次突然就清晰起来了。

　　还有点儿浮动。

　　莫非是一开始用作比喻的那个游戏不小心通关了？

"因为从你再次出现在我面前那天开始，我隔着一条马路看着你，就一直在思考一个问题。"他也没有纠缠上个问题，就这么顺着我走下去，"对于你，说得再多都是徒劳，不如直接付诸行动来得有用。"

"嗯？"我消化了一下，对他隔着一条马路看着我这件事有点儿晃神。

"知道我怎么想的吗？"他继续说着，然后不等我开口就自顾自地回答，"我一直都想拎着你的脖子把你拖到膝盖上狠狠地打你的屁股打到你吱哇乱叫。"

还富含着可惜意味地长叹了一声。

他居然还富含着可惜意味地长叹了一声！

"你少在那里一副忍辱负重心里活动丰富装闷骚的样子了，你明明就已经付诸行动了。诶哟！好痛！"

我吱哇乱叫。

都这么风马牛不相及了究竟是为什么结果我居然还是自投罗网死状凄惨。

还因为车内空间狭窄被拎着脖子拖到他膝盖上时脑袋撞到了另一边的车门。

他毫无怜悯之心，直到打够了，才终于停下，我已丧失反抗的能力，总算知道为什么要有一个地下室放着沙包的设定了。我腹诽着扑在那里一动不动的装死，脑袋和屁股上各冒着一缕青烟。

"我直到今天才总算想清楚了。"他用一种沉稳的音调说，"一开始的直觉总是最准确的，而我居然用了那么长的时间来说服自己。"

他停了停。

"你就是欠教训。"

我身体都凉了。

他看我安静了，才换了语气开口："我和你结婚后，父亲的公司确实是暂时得到了缓解，但无论是继续合作还是资金援助，也不过是解决一时之急的方法，而且对你们来说无疑是一种负担和浪费，相较于破产而言，你提出的换股并购平心而论是一个相当不错的出路，父亲技术出身，即便技术能力再强，从性格和理念上来说，他都不是一个合格的经营者，我们为此争论过，也努力过，但商场从来都不是一个给失败者留余地的地方。"

他按下车窗，点了支烟，才继续说道："我和父亲谈过了，我知道并购的事你从一开始就跟他说了，事实上这就是你和我结婚的原因，以此说服父亲接受你的方案，你以为比财力比手段你赢不过催尚杰，这是你唯一可以使用的方式，但其实你不这么做父亲也会选择亚信，他本来就是这样的人。我用了这么久的时间才知道，你只是选择了不相信一切而已。"

我没说话，往专业上说虽然不很明白，但是这个过程大概就是这么回事。

"我甚至不知道究竟是在对哪件事情更加生气……是无力挽回就这么让父亲的公司消失了，还是这就是你让我娶你的原因……还有你的那个医生。"他的声音很轻，像是自言自语，几乎消失在唇齿的烟雾之中，我却颤抖了一下，觉得一阵心惊。

"我和她……"他在我头上拍了拍，像是安抚；也有点儿像是打算再次调整我的记忆范围，才继续说，"其实故事很简单，那时她的甜点店就开在我父亲公司的楼下，现在也是，不过只能称其为公司的旧址，和她第一次见面时我刚从国外回来，那时父亲的公司已经非常不稳定了，我又刚刚进入，各方面状态还需要调整，每天面对很大的压力，就像老板的面店对你来说是块自留地一样，她的甜点店就成了我几乎每每天都要光顾的必然场所。"他说的很慢，带着点漫不经心，"她是个很不错的女孩，很温柔，很聪明，值得人好好对待。她给人一种归属感，一天的疲劳压力，只要在她的店里坐一会儿，看着她的笑容喝一杯咖啡，就好像消失了。"

他停了一会儿，似乎陷入了回忆，但我却分明感受到一阵潜台词以无比真实的质感回荡下来。

不像某个人，除了把别人气得半死和批发贩卖黑线外别无作为。

我犹豫了一下，错觉吗？错觉吧……

"我知道她喜欢我，我对她也有好感，要不是不幸后来遇到某个人，我想我们大概就这样，结婚，生子，组建家庭，过着平淡而又普通的生活。"他这么说着，语气有点儿无奈，要是过度解读一下，没准儿还有点儿憋屈在里面。

他就像是猜到了我的想法一样，在我后脑勺上弹了一下。

"要不是遇上某个人——"他熄了烟，拎着领子把我拉起来，强迫我与他面对面，"除了逃避，你还要装死到什么时候？"

我正假装专注于他车门的质地，甚至有点儿想玩弄起他裤缝上不存在的线头，猛地被他拉起来，这么大压力我岂止想装死，我简直想逃跑。

"我不是都主动承认错误还积极改正了吗？还双手将你奉还给了平淡而又普通的生活……"但最终只能装傻地说。

　　"你还回得来吗？"他的声音突然变得有些冷酷，"不管是我还是你自己，还回得来吗？"

　　"那你要我怎么办？"我也不比他温暖到哪里去，"也没有人问过我，突然就把我拖到10年以后，绝对不要做的工作，绝对不要的生活，绝对不要变成的那种人，统统一股脑地塞给了我。结了婚，丈夫讨厌我并且面临离婚，周围所有人都不是我认识的样子，就因为我喜欢着那个暗恋多年的人，我就要被当作自己的替代品扔给他，我甚至都已经愿意按照写好的剧本走了，结果还是被喜欢的那个人用很雷的一章给我当场拒绝掉了。我已经这么努力地去理解这一切了，甚至试着理解自己，体谅自己了，结果那个记忆清除的什么鬼居然是失败的，失败到了她不能复活还我个清静，也不能死干净了让我二世祖地康庄下去，而是用阴魂不散的方式继续左右我。她的感情，她的态度，她的想法，一点点地渗回来左右我，留也留不下，走也走不掉，你要我怎么办？"

　　我一口气说完，也不知道自己到底说了什么，只是觉得怨念极深，却看到他看着我，目光柔软，嘴角挂着闪瞎人双眼的笑意。

　　"所以失败了。"他说。

　　"我说了三百字废话是吗？"我感受到了他颈动脉要求我咬断它的召唤，没有獠牙，只好亮了亮虎牙，"上次也是，上上次也是，我说了这么多你就只注意到了一个还不是重点。你是不是这辈子都不打算好好听我说话了？"

　　"好！"他说，"一辈子的时间，我会听你说的。"

　　好什么好，谁跟你一辈子啊，这回答简直太不要脸了！

　　差点咬到舌头！

"你知道我那天为什么在离婚协议书上签字吗？"他伸手，在我脸颊上擦了一下。

"不想知道。"我坚定地说，并且憎恨自己着迷于他手指的温度。

"因为我觉得，给彼此一个机会从头开始也好。"他似乎瞬间就掌握了逗猫的技能，究竟把别人的脸当成什么了……

"不用客气……也不是很需要……"我干巴巴地说，拿回自己的脸，"……太晚了，我要上去了，就这样吧。"

"凉夏。"他没有阻止，只是在我跨出车，回身正准备关门的时候突然开口，"我爱你。"

我僵了一下，关上车门，靠在那里站了一会儿。

夜风吹在我脸上，泪迹未干的地方有点儿冷。我不由自主地舔了一下嘴唇，一阵几乎被我遗忘了的刺痛传来，舌尖过处好像锈住了一样艰涩。我裹了裹外套，俯下身来。

"谢谢你的顺风车……吻就算了，好大的烟味。"

还有血腥味，我避重就轻，我举重若轻。

然后转身离开。

"那么现在的你呢？"他夹杂着些许笑意的声音顺着风从身后追赶上我，在如此深的夜晚显得格外的清晰，"爱我吗？"

疑问的句式却用了肯定的语气，如此自信满溢，简直就像是提醒一样。

"不知道，我已经忘记你了，大叔你谁，我不认识。"

"我叫郑伟嘉，再次记住了？"

就好像回到了我忘记他的第一天，他也是这样，好像用尽了所有的温度来对待我，却说，再次记住了？

　　我没有停下脚步，也没有回头，却感到自己的嘴角扬了起来，然后我听见从胸腔里一个跳动的地方应了一声。

　　"嗯。"